我的家，在這裡

928 Miles from Home

金姆・史萊特 KIM SLATER 著
黃筱茵 譯

目次

導讀

如何擁抱「相異」

文／林靜君（台灣高中哲學教育推廣學會理事長）

「別憎恨你所不了解的！」（Don't hate what you don't understand!）

——約翰．藍儂

人類是社會性動物，透過獲取他人的認同來建立社群生活。從另一個角度看來，「認同他人」因此可被視為社會成員之間的餽贈品。

然而，「認同」的標準是什麼？是「相同」嗎？為何有一群人宰制了認同的標準？為何有些人淪為拚命爭取認同的弱勢族群？

校園裡的同儕認同尤其赤裸血淋，落單的人每天八個小時被迫在狹小的教室空間裡承受充滿惡意的對待。無論是肢體霸凌、言語霸凌或關係霸凌，校園霸凌往往能對受害者留下長期的心理創傷。

那天，向來斯文秀氣的男孩哭了，因為考卷被他平時努力接近的一群頑皮男生所惡意塗改。頑皮男生們說：「我們只是在玩啊！之前不是也都這樣玩嗎？」斯文男孩怯懦的說：「我不喜歡這個玩笑，其實我一直覺得……」頑皮男孩的意見領袖認真的傾身追問：「什麼？」那一個微微的傾身顯露出了傾聽的意願，讓我知道：如果能有機會了解彼此，我們不會殘忍相待。

許多時候，對於他人的殘酷對待，往往出於優勢者的傲慢。尤其在一個有優勢主流價值的社群中，攻擊異類與少數成為取得主流認同的簡便方式。

本書的主角柯倫，從霸凌的旁觀者與縱容者，意外成為第一個理解來自異鄉他者的人。在本書中，來自異鄉的他者有兩位，一位是與家人以船為家、暫居此地的阿米麗雅。另一位是移民轉學生塞格，他承受了對於移民的所有歧視：移民都是來搶工作的，他們貪求本國的福利，因為在自己的國家混不下去。

因著四處漂泊的阿米麗雅，主角柯倫得以檢視「家」的定義；因著移民者塞格，柯倫驚訝的發現，撥開先入為主的偏見與歧視，每一個人都是獨一無二的存在，我們都有相同與相異之處，正因如此，群體生活才會精采豐富。

本書巧妙的將族群差異、移民議題、權威迷信，融合在一則青春校園故事中。如果我們能早一點學習如何理解「他者」、如何擁抱「相異」，相信我們能對自我與群體有更洞徹的定位，找到安定身心的相處之道。

「家是每個人的起點。」

T. S. 艾略特

外景．諾丁漢郡——白天

七月：學期最後一天。諾丁漢郡聖安區社會住宅區一條安靜的路上。一個男孩穿著學校制服，肩上掛著帆布背包，走過轉角，進入我們的視線。他沿著街道漫步，停在由紅磚新蓋的表演藝術社區中心外。

他留意到中心的百葉窗降下來了，四周沒有任何人的蹤影。他望著固定在花稍的樓梯扶手旁的塑膠傳單架。

他考慮要參加的劇本比賽報名表全都不見了。

男孩

〈自言自語〉

反正最後贏的會是梅波利丘哪個有錢人家的小孩。誰在乎呀？

他皺著眉頭，用腳踢著樓梯的扶手。

中心的大垃圾桶附近突然有什麼聲音吸引了他的注意，他往後退到人行道邊緣，用力伸長脖子，想越過錯落的垃圾桶看到另一端的動靜。

男孩
〈喊出聲音〉
嘿！是誰在那裡？

沒人回答。

男孩
〈大喊〉
我知道有人在偷這棟大樓的東西。我——我要叫警察囉。

一具有力的引擎怒吼，低音喇叭震耳欲聾，男孩快速轉過頭去。

男孩朝道路左右張望，想看看聲音是從哪裡傳出來，可是路上並沒有什麼車輛。

他聽見哪裡有吼叫聲蓋過了音樂，於是站著不動，繼續聆聽。

聲音一

快上車，我們走。他現在在大樓裡，清空所有設備。我們得趕緊把東西裝上車，趕快閃人。

聲音二

他在中心裡嗎？是誰呀？叫什麼名字？〈聲音壓低，接著是大笑聲。〉

不可能吧！是打爛全部窗子那個傢伙嗎？

聲音一

我待會兒再告訴你啦。上車，快閃。

關門聲遮蔽了音樂，道路再度恢復寂靜。

男孩很警覺，他離開人行道，向後退了幾步，踏在路面上。他伸長脖子，試著望向彎道。

有力的引擎聲突然揚起，輪胎尖銳的摩擦聲。男孩看見一團銀黑色交織的金屬撞向他。他直覺的轉過身去滾向人行道，可是已經太遲了。

男孩的腳離開地面時大叫出聲，一陣尖銳的疼痛感從腿部與臀部襲來。

他的耳邊充塞著吵鬧、震動的音樂聲，銀色的龐然巨物金屬衝向他時，他緊閉雙眼。車輛在離他僅僅幾英尺外的地方急煞，緊貼他的臉龐。

有幾秒鐘的時間，所有的一切變得一片漆黑。

鏡頭切到：

男孩張開眼睛。他的臉頰貼在粗糙的柏油人行道上。一道長長的影子壓向他。

這道身影的聲音

〈驚慌的低語〉

喔，不會吧……他……如果他掛了怎麼辦？

聲音二

〈急切的低語〉

他還在呼吸。看，他的睫毛還在眨。

男孩微微張開雙眼。他視力模糊，可是他看得到一個新的傢伙把身體彎向他，一雙運動鞋就在他的頭旁邊。要保持眼睛張開對他來說非常費力，可是男孩瞇著眼睛，試圖把注意力集中在離他最近的鞋子上一個小小、亮晶晶的東西上。徒勞無功，他很快就再度無法聚焦。所有的一切都模模糊糊。

新的聲音

〈沙啞的低語〉

別管他。

聲音二

〈關切的〉

可是……我們不能就這樣不管他呀。

如果……

聲音三

〈強迫的低語〉

我說了……別管他。

近處混亂的腳步聲。甩上車門聲。引擎怒吼。

男孩孤單一人。

他閉上眼睛，周遭的一切再度陷入黑暗。

最後一幕。

筆記簿的紀錄——七月

姓名：柯倫・布魯克斯

年齡：十四

學校的諮商師芙萊雅給了我一本全新的筆記簿，是那種用玻璃紙包好的高檔貨。她說我每天都要在裡頭寫東西，而且最重要的，是要完全誠實，可是我開始思考的那些事根本不可能有人有興趣。

「寫下那些跳進你腦袋裡的東西，不要審查你的感覺。如果你想寫髒話、發火，或是整面塗掉，全都沒關係，」芙萊雅用她那種軟綿綿的愛爾蘭口音說。「柯倫，這是你的本子，所以怎樣都可以。」

很顯然的，如果她洩漏我們兩人之間的談話內容，她就違反了某種諮商協議，會被炒魷魚。「我要你知道這是完全保密的。」她再次向我保證。

如果老師的脾氣都像芙萊雅這麼好，我在班上也許會再認真一點。

但我不介意寫寫東西；事實上，我很愛寫。再說現在我跟一條斷腿卡在這間爛公寓裡，也沒啥事好做。

有時候我會在腦袋裡頭編劇本，就像在幫電影撰寫一幕場景一樣。看吧，那就是我想要做的工作：當劇作家。

我瞭，我瞭。雖然塞格和阿米麗雅那樣說，這個主意還挺呆的。

而且人力中心根本沒有那種職缺。

可是自從意外發生以來，我動不了，而且無聊斃了……所以我還有什麼好損失的咧？

兩週前

1

法克斯先生的房間感覺很冷，他低沉有力的說話聲在淡綠色的光亮牆面間迴盪，我們雖然站成一排，感覺卻像他從四面八方包圍著我們。

「你們全應該感到慚愧。」這是他第三次講這句話了。

從我站的隊伍最後端，可以從小小的窗框裡看見球場。草地看來就像沼澤，需要修剪一下。運動場上有些白色記號都磨損了，只剩下不連貫的線條，和斷斷續續的弧形，不再代表任何意義。

法克斯先生正在講什麼融合和擁抱改變之類的話，還有這是「我們學校這些年來賴以奠基的經緯」……叭啦叭啦。

我們前面的牆上印著過時的黑白圖樣。滿是灰塵的相框裡，框著現在八成早就成仙的教職員老照片，還有一群一群現在已經又老又灰暗的學生們年輕時的聰明照片。

一個念頭突然湧上心田：不曉得再過五十年後，會不會有此刻根本還沒誕生的男孩，站在同一個房間裡，跟我們一樣聽這些訓話。

法克斯先生用手敲打桌子邊緣，輪流瞪著我們每個人看。

他看著我的時候，我眨眨眼睛，用鞋子裡的大拇趾磨著腳下粗糙的深色地毯。

我沒辦法在其他人面前對法克斯先生說任何話，可是處罰我根本就不公平。

我只是像每次那樣站在團體最後面。

又沒有真的去霸凌誰。

我們又在法克斯先生的辦公室卡了二十分鐘，試圖說服他我們是無辜的，可是到最後，他還是判我們四個人停學在家。

這次我被判停學一天，哈利和傑克每人停學兩天，林佛德則被判在家停學三天。

「我原本可以對你們更嚴厲的，可是我決定這次要寬宏大量……只要你們願意簽名答應跟學校的諮商師會面。」法克斯先生皺著眉頭說。「我警告你們。下次你們再被送到我面前——最好不要再有下一次了——我會考慮讓你們永遠沒辦法再來上學。」

他看著林佛德。

老實說，我覺得法克斯先生對我們真的很嚴厲。我的意思是，那個新來的傢伙根本立刻就站起來了，而且他一不感覺頭暈，就自己走回教室了。好啦，他身上是有幾個地方腫起來還有瘀青什麼的，可是沒什麼特別嚴重的，不像上回林佛德超用力踢卡爾．賓漢時，卡爾從攀岩牆直接摔到地上，腳踝都骨折了。

老爸要在南部一直工作到禮拜四，所以法克斯先生的停學信掉進信箱時，我要直接撕掉。這樣爸就會很幸運的不曉得我在學校裡惹上了麻煩。

我猜這是他大部分時候都離家工作的好處之一。

在所有好電影裡，人們都住在刺激的地方──倫敦或美國的高檔地區。那些我從來沒去過，或許一輩子也不可能去的地方，因為我們住在「這裡」。

我們的諾丁漢公寓坐落在聖安區，政府把這裡歸類成「被剝奪的」地區。他們真正的意思是這裡是垃圾堆、貧民窟，一般體面的人最好半步都別踏進來。人們有點卡在這個地方，就連你的夢想也都卡住了。**被剝奪者之夢**：聽起來就像一部悽慘電影的名字，不是嗎？

不過，真的住在這裡的人才不會說這裡是什麼被剝奪的地區。我們稱它為「家」。這些釘上木板的酒吧還有陳舊的屋子，看起來或許不像家，但聖安區其實還可以，而且我們大部分的鄰居都是正正經經的好人。附近的人們或許開的不是時髦車，穿的也不是什麼頂級設計師服飾，可是他們是「大地的鹽」，爺爺以前都是這樣說的。

我們就跟所有其他地方的人一樣有自己的問題，可是對我們這些已經在這一區附近住了很久的人來說，嗯，我想我們就是某種程度的關照彼此。

就說去年吧，爸到南部去工作了十天那次。

★

外景・聖安區——白天

市政住宅，十二月。冷到爆，正在下雪，路上沒有車輛。所有的一切都籠罩在一層初雪織成的白色毯子下。寂靜。

餓壞了的男孩沿著積雪及膝的道路往下走，用力搥著一樓公寓的門。

布魯斯特太太
〈從公寓裡〉
你天殺的是誰呀？

男孩
是我啦，五號的柯倫。

布魯斯特太太打開門。頭髮上了髮卷，綁著花朵圖案的頭巾，香菸上的菸灰足足有一公分長。她把頭探出門外，對著炫目的白光瞇起眼睛。

布魯斯特太太

你站在這兒幹嘛？怎麼嘴巴開開的？

男孩

嗯……開心大買家已經沒有牛奶和麵包了。

〈飢餓的男孩沒有提到爸爸不在家，他已經沒錢的事。〉

布魯斯特太太

〈臉上掛著同情的微笑〉

等一下喔。

一會兒以後，她又出現在門邊。

布魯斯特太太

這裡，這些拿契，小子。
她把牛奶和半條吐司推到餓壞的男孩手裡。
布魯斯特太太
如果西要其他東西的話再過來唷。
幕落。

★

你大概知道意思了吧。
住在這裡，沒人三不五時會邀你去喝杯伯爵茶，吃小黃瓜三明治什麼的，可是人們還是關心彼此。
十一年前，我還在念幼兒園的時候，我媽就跟另一個傢伙走了。我一點兒也不記得她，雖然我知道爸還在某個地方留了幾張她的照片。
我想如果把這件事寫在筆記本上，芙萊雅可能會覺得滿有趣的。諮商師都喜歡那類的東西。

我沒對任何人說過，可是我有時候會夢到媽。但她不是一個具象的人，只是一個存在什麼的。一種乾乾淨淨的味道，很像香皂或是洗衣粉，或是我臉頰上一抹軟綿綿的感覺。

有時候我會哭著醒來，可是我從來不記得她的臉。

要我寫下那種東西真的門都沒有；那聽起來就像實境秀裡哭哭啼啼的故事。我才不希望芙萊雅覺得我是軟弱的人。

所以，也許我可以寫爸的事。

講到當父母，我爸還有好多該做卻沒做的，可是他養大了我——這個嘛，比較像是拖著我長大啦——獨自一人，在媽離開以後。

我們緊緊黏在一起，我和老爸。到目前為止，我們還過得去。

2

我上的是威爾斯綜合中學。

它距離我們的公寓大概有幾英里遠，不過我省下爸給我的巴士錢，每天走路上學。這樣在他離家比較久、我沒錢買東西吃時，就可以當作預備金。

放學以後我有時候會走更遠一點，讓頭腦冷靜下來。我最喜歡的地方之一就是這裡，運河旁邊。我會一路走到這兒，而不是直接回家，因為這樣比坐在冷冰冰又空蕩蕩的公寓裡好多了。

我走過幾位漁夫身邊，他們緊挨著橄欖綠的帳篷。我繼續往前走，一直走到我最愛的木頭長椅邊為止。長椅坐落在一塊草皮上，安靜的俯瞰運河。

我仰望著諾丁漢城堡，城堡高高的盤踞在岩石上，審視著城市。它看起來好像一陣強風就能吹翻，可是我才不會被騙，它從十七世紀就存在了，雄偉又穩固，就算再過四百年，八成還在。

爺爺還在世時，我們會騎著腳踏車繞行整座城市，沿著運河的小徑到處逛。經過城堡碼頭，臨水的酒吧和餐廳時髦的排著隊，和疲憊、荒廢的倉庫形成極為顯眼的對比，後者破破爛爛的跌進水裡，像是就要散開的老骨頭似的。

爺爺帶我去看從前成功路上的老拉雷工廠在哪裡。他在那裡工作了四十三年。「諾丁漢以前能打造全世界最棒的腳踏車，可是那些討厭鬼把那些全部賤價賣掉了。」爺爺每隔一陣子就會用他的諾丁漢口音沒完沒了的抱怨。「他們胡亂賣掉所有的一切，那些足以提供一般人中規中矩生活的東西。」

我們會停好腳踏車，坐在運河邊，他會抽一下菸斗，我們還一邊吃著我們的甜菜根醃牛肉三明治。

帆船負載的大艇發出喀嚓喀嚓的聲音經過，留下一道滿是泡沫的黑色水流和機油的痕跡，這種時候爺爺總是變得安靜，他的眼睛會黯淡下來，就像有什麼人從爺爺眼睛後面把光線調暗的感覺。

他有一堆關於「美好的往日時光」的故事，他以前都是這樣稱呼那段歲月。他清楚記得他還是小夥子時的每個細節、他在拉雷工廠工作發生的事，還有奶奶還沒過世以前，他們在康沃爾的假日時光。可是他常常忘記昨天或上個禮拜才發生的事情。

現在我真希望當時我曾更認真聽爺爺講的那些故事。當中有些故事一定能成為很棒的劇本。

我們坐在運河邊一會兒以後，他會墜回現實，然後我們就會離開，再度騎上腳踏車回家。爺爺的腳踏車超完美：是他自己親手幫忙打造的頂級拉雷自行車。

我不曉得我們的腳踏車怎麼了。我想一定是政府的住宅管理單位清理他公家配給的房子時，把它們扔掉了。

「你呆頭呆腦的在想什麼呀？」

我突然從回憶裡回過神來，看見一個和我年紀相仿的女孩把手撐在臀部上，站在我旁邊。「我都在這裡站了半小時，你根本不曉得耶，呆瓜。」

我才在長椅上坐了十分鐘而已，所以我不會相信她的話。

她的南方口音聽起來大膽又無禮。她穿著一件剪短的牛仔短褲，還有一件看起來至少小了一個尺寸的T恤上衣，肚子都露出來了。我把臉別向一旁。

「你不是很愛講話嘛，對吧？」她坐在我身邊的長椅上。

我不想看她，可是她拚命瞪著我看。一部分的我不想表現得無禮，一部分的我不希望自己看起來太軟弱。所以我就回看她。

她的皮膚是淺咖啡色，濃密又卷曲的黑頭髮用紅白點點的緞帶綁成兩捆包包頭，讓我想起米妮，於是笑了出來。

「什麼事這麼好笑？」她皺著鼻子，我看見她的臉頰上零零星星的雀斑。

「沒事。」我聳聳肩說，感覺自己的臉頰熱熱的。

「我們倆合不來，對吧？我是阿米麗雅。」她伸出手來，不過等我伸手要握她的手時，她立刻收手，然後哈哈大笑。

她的門牙有缺口，其他牙齒看來有點歪歪扭扭，可是牙齒很潔白。「抱歉，剛才的握手是我最喜歡的惡作劇。」

我望向旁邊，看向運河上變得明顯的黑色油漬。我可以從河水的顏色看出就快要下雨了。

「所以你叫什麼名字咧？」

「柯倫。」我喃喃自語的回答，眼睛繼續望著水面。

「這裡的人不太友善，對吧？」

「也許是，如果你開他們玩笑，又叫他們呆瓜的話。」

我皺著眉頭說，她開心的拍拍手。

「打個招呼總沒那麼難啊，對吧？」她拍拍我的手臂。「要不要看看我們的船？就停在底下那裡而已。」她對著運河的河灣點點頭。「是運河船唷。」

其實我一直想看看那種在特倫特河噗茲噗茲上下開的運河船，裡頭到底是什麼模樣，可是我也不想鼓勵阿米麗雅。她有自信得太超過了，讓我感覺很火大。

「來嘛，我們又不是吸血鬼家族，真的啦。就只有我、我小弟和我媽而已。」

「好吧。」我聽見自己說，並且站了起來。

「就在底下這裡。」她鑽到我前面，用強壯的腿大步往前快速移動。她穿著破破爛爛的Converse運動鞋。

「你住在附近嗎？」我回問她。

「不是耶，我們本來就住在倫敦外圍。不過我們到處跑。」她轉過身來，咧著嘴對我笑，往回走了一點，卻沒有慢下腳步。「我們以前沒到過諾丁漢。如果每個人都跟你一樣悲慘的話，以後應該也不會再來了。」

「謝謝你唷。」

「只是開玩笑啦，兄弟。笑一笑嘛。」

她說的「笑」聽起來像「學」。真是一半討厭，一半神奇。

「就在這裡，過了這個河灣就到了。」

我們又多走了幾步，一艘上了紅藍亮光漆的運河船就出現在我們面前。

「就在那裡：窈窕淑女。是她的名字喔，看吧。」

船頂錯置著歪七扭八的植物和花朵，還有顏色塗得很亮的陶瓷花盆。一個穿著粗棉布軍裝的男人彎著身子，用扳手敲打著某種機械。

「媽！」阿米麗雅呼叫，在空中揮舞著兩隻手臂。

男人站了起來，從小船上走下來，在一塊油膩的抹布上揩了一下雙手。不過，等我們更靠近時，我發現那個人其實是一個女人。一定是阿米麗雅的媽媽。

「親愛的，你在這裡呀；還在想你到哪兒去了呢。你交了一個新朋友呀，對吧？」

我感覺自己臉頰發熱。阿米麗雅轉過身來看著我，笑了出來。

「我不覺得他下定決心了，不要嚇跑他喔。」

阿米麗雅的媽媽把手拂過她深金色的平頭，這才伸出她髒兮兮的手來。「我是珊蒂。」

我準備跟她握手，可是她把手抽走了。

「抱歉抱歉，我實在忍不住。」她咧嘴笑著說。「剛才那是我最喜歡的惡作劇之一。」

我一直等到她們停止大笑為止。

十五分鐘前我還安安靜靜的坐在一張長椅上，想著以前和爺爺一起度過的美好時光，現在不知道怎麼回事，我卻得和這兩個愛開玩笑的傢伙待在一塊兒。

「他叫柯倫，」阿米麗雅說：「他想看看我們的船。」

「是她要我來看的。」我很快的說。阿米麗雅說的好像全都是我的主意似的。

「沒關係。」珊蒂咧著嘴說。她就跟阿米麗雅一樣，輕微晒過太陽的臉龐上有同樣的雀斑。「可是我剛剛才拆掉發電器，柯倫，所以請你明天再來，到時候阿米麗雅再帶你參觀參觀，這樣好嗎，親愛的？」

我瞥了一眼看來像是引擎零件的東西，它們在珊蒂身後的船頭散落一地。

「柯倫，你明天再過來好不好？」阿米麗雅站在我面前，我根本沒辦法移動。「保證喔？」

「好吧。」我點點頭。

她站到一旁，望著我離開。我走到運河的河灣時回頭看了看，感覺自己逃過一劫。

阿米麗雅還在看我。她揮揮手，不過我沒有回應她。

3

大部分的人可能都會高興自己可以放假一天，就算是因為被停學也一樣。可是我寧願待在學校。

學校裡從來沒人敢動我，因為沒人會對林佛德和傑克亂來，如果他們還想保住牙齒的話。學校很溫暖，而且每餐都可以吃到熱的食物。再加上，我可以游移在行動邊緣，觀望其他人到底會做些什麼。

比起晚上十一點因為突然停電必須去轉角的商店加值電表卡，或是得把金屬衣架撐在排水口，以免排水口又堵塞第一百次，不得不上課還比較好。

有時候，有的事情沒辦法等到爸回來才做。

他到處跑——北上、南下，而且從聖誕節以來，他甚至每兩個禮拜會跑去波蘭工作一次。

我打賭你一定很好奇爸到底靠什麼工作維生。這個嘛，彼此彼此，因為就連我都沒辦法確定。我以前也問過他，可是他只是眨眨眼說：「如果有人問起，就跟他們說我在做進出口貿易。」

有時候，如果他回家待比較久，也會接點附近的零工，只是那種狀況不多，因為他太常跑來跑去了。

這些日子以來我不再問東問西了；就只是等他回來。他試圖彌補自己這麼常不在家的事。他會帶我出去吃披薩，有時候我們也會點外帶披薩，然後看足球賽。

他在家待兩、三天時，會試著開始建立規矩，這樣煩死了，因為我又得回頭重新再當小孩。

「把你房間清一清；簡直是豬窩。」

「整間公寓就是豬窩呀，你都沒注意到嗎？」

「不用這樣回嗆我，記得誰才是這裡的老大。」

是喔，對啦。直到下一次「老大」再去工作為止。到時候我又得再回頭扮演修理先生，不管喜不喜歡都一樣。

「別跟任何人講什麼有的沒的。」爸每次要出發去做新工作時，總是這樣警告我。「我們不需要其他人探頭探腦，管我們的閒事；我們自己就可以處理得很好。」

至少他以前都是那樣說的，在所有的一切變調以前。

在那兩個傢伙出現，毀掉一切以前。

不過那件事我以後再說。

我幫自己做了烤豆吐司當午餐，然後看了一下電視，可是到兩點的時候我已經覺得無聊爆了。

我一直想著阿米麗雅和她的運河船。

我答應她會回去，可是說不定不會。她很討厭，而且，話說回來，如果我的兄弟發現我跟一個女生混，會怎麼說咧？

不過，我告訴自己，我可以去散散步就好。

再說，我為什麼要因為阿米麗雅可能會在附近現身，就不再到運河那裡去呢？我已經在這裡住了好多年，所以我的權力比較大。她才剛到這裡而已。何況她可能根本不在家——如果她媽媽讓她到當地的學校去上學的話。

平常下午三、四點時，我通常不在附近。今天運河小路很安靜——就連漁夫也很少。有一、兩個騎腳踏車的人通過這條小路，一個老人和他同樣老的狗慢跑經過我身邊，其他的一切都祥和寧靜。

我坐在一張長椅上，看著水流起伏，可是我的身體感覺癢癢的，就像裡頭全是正在行軍的螞蟻士兵，所以根本很難坐著不動太久的時間。

我決定要沿著路往下散步，看看「窈窕淑女」是不是還停泊在河灣旁。如果她在家，我當然可以敲敲門——如果可以這樣對待船隻的話。不過當然啦，說不定我不會敲敲門。我不希望阿米麗雅認為我迫不及待想成為她的朋友，或是我喜歡她還是什麼的。

空氣比昨天溫暖乾燥，河水雖然依舊深邃黝黑，但似乎不像昨天那麼濃稠油膩。

「你回來了！」

我轉身看見阿米麗雅和珊蒂走到我身後，手上提著袋子，看來像是採買了食物。阿米麗雅臉上綻放微笑。

我停下腳步，把手插進牛仔褲口袋裡，用腳踢著泥土小路。我的心臟開始怦怦跳。

「柯倫，今天不用上學啊？」珊蒂在她們趕上我時開口問道。

「不，我……」我不希望阿米麗雅的媽媽對我有奇怪的印象，所以把事實加油添醋了一下。「今天是教職員進修日。」

「在週間嗎？真特別。」阿米麗雅咧著嘴對我笑，我望向一旁。

我可以問她同樣的問題。如果她們要待下來，她當然應該正在上學吧？不過我不但沒開口，反而主動提議幫忙拿其中一個最重的袋子，珊蒂讓我提了。

我們又繼續往前走，很快就看見船進入眼簾。

「她在那兒呢，」阿米麗雅用歌唱般的聲音說。「全世界最漂亮的運河船。」

她們兩個有同樣的怪習慣，講起船的方式就像這艘船有生命似的。

我不能否認它很搶眼。船的主體漆成亮亮的英國賽車綠，還有紅色的窗台，和紅色的邊條。照理說這麼多亮麗又強烈的色彩放在一起應該感覺有點太誇張，可是不曉得為什麼它很行。

爸會說它「俗氣」。

「謝謝你幫我們把這些補給品拖回來。」珊蒂說。「親愛的，你要不要留下來喝點茶呢？」

「喔，柯倫，好嘛，」阿米麗雅哀求。「媽要做她的辣蔬菜煲，很好吃唷。而且你還可以見到史派克，而且……」

「給這個小夥子回答的機會嘛！」珊蒂笑了。

「好吧。」我聳聳肩，覺得自己的臉頰又開始發燙。「謝啦。」

很粗的繩索把船拴在岸邊生鏽的鐵環上。在我們靠近時，「窈窕淑女」似乎在水上輕輕顫抖，彷彿知道我們就在那裡似的。

珊蒂第一個攀上船，她把袋子扔在甲板上，伸手準備幫忙拿我們的袋子。

「來吧。」阿米麗雅接著跳到船上，我跟在她身後。我可以感覺到我肚子裡的水流微微晃動，不過我腳下的窈窕淑女感覺安穩又可靠。

「歡迎登船，柯倫。去到處看看吧，親愛的。」珊蒂說。

船的內裡又長又窄，就跟我想像中一樣。這裡很溫暖，友善又舒適。

「她就在這兒。」阿米麗雅朝四周伸出手臂。「這就是我們家。」

牆上每一吋可以利用的空間都排滿了什麼。實用的物品和裝飾的物品不是掛在牆上，就是一個接著一個排列。窗邊的白色網具讓船和拖船道間保持了一點隱私，橘色和紫色格子的窗簾為這裡平添更多色彩。

船的遠端一座黑色的鑄鐵燒柴爐占據了室內的主空間，火紅的灰燼照耀著烏黑的玻璃面板。

廚房區很迷你，木櫃漆成薄荷綠。架子上高高堆著不太搭界的陶器，有一部分被格子窗簾遮住了。

「這個地方在船上叫作烹調區，而不是廚房唷。」阿米麗雅告訴我。

不同顏色和形狀的花朵馬克杯亂七八糟的掛在牆面碗櫃一排黃銅掛鉤上，一只深藍色的水壺在燃氣爐上沸騰，發出低沉的嗚笛響聲。

阿米麗雅打開小冰箱，幫我們兩個人倒了兩杯現成的草莓奶昔。

「我們去坐下來吧。」她說。

我們把飲料拿到船的另一側，靠近燒柴爐那邊。牆面放著一座長長窄窄的沙發，上頭高高的堆著拼布毯子和抱枕。感覺就像坐在壓扁的懶骨頭上。

「所以，你是來度假嗎？」我問，一面啜飲奶昔，品嘗舌頭上強烈的草莓味。「我的意思是：你們到底住在哪裡？」

「你沒有弄懂，對吧？」阿米麗雅笑了。「我們就住在『窈窕淑女』上啊。我們住在很多不同的地方。」

我皺起眉頭，試圖想清楚這到底是什麼意思。

她指著頭上一塊裝飾的板子：家是每個人的起點。

「那是引自T. S.艾略特的話。我覺得意思是你可以希望家在任何地方，不必是一個固定的地方。」她對著我沒表情的臉皺眉頭。「你知道艾略特是誰，對吧？」

「對。」我聳聳肩。「差不多啦。」

她又笑了。「他是詩人，也是劇作家。」

「對。所以，如果你到處住，那你上哪間學校？」

「媽在家教育我們，」她不帶感情的說。「我和史派克。我和媽去商店時，隔壁船的女士會看著史派克。」

船另一端的小門滑開，一個大約七歲、小小的結實男孩向我們跳過來，他光著腳丫，只穿著一條短褲。

「柯倫，見見我弟弟，史派克。」

「哈囉，」我說，把我的手牢牢握在杯子上。我才不會對握手的事上第三次的當咧。

「米米，這是你男朋友嗎？」這個小子上下打量我。

「不是！」我感覺自己臉紅了。

「只是朋友啦。」阿米麗雅咧嘴笑了。「厚臉皮的小老鼠。快打招呼。」

「哈囉。」史派克說。他坐在我旁邊，坐得太近了。我想往旁邊移一點，可是他用我這輩子見過最明亮的翠綠色眼睛盯著我看，我沒辦法移開眼光。

他的深金色頭髮留得長長的，亂糟糟的垂在肩膀上。他身上有一種戶外的氣味——不是髒，而是新鮮又活力充沛。如果活力充沛有味道可言的話啦。

「所以，像我說的，媽在家教育我們，我們在國內到處旅行。我們從來不會在一個地方待兩週以上。」

「為什麼不？」

「因為媽只拿到短期的許可。我們必須不斷移動。這是法律，你不曉得嗎？」阿米麗雅皺起鼻子。

「所以你們不能停泊下來，只住在一個地方？」

「除非我們拿到居住許可，可是這種許可很少，幾乎沒人拿得到。政府覺得他們擁有河水、天空，還有我們呼吸的空氣。我們得問他們我們能不能待在這兒，因為這些理論上應該全部屬於他們。」阿米麗雅現在看來不再淘氣，她棕色的眼睛又大又嚴肅。「那樣怎麼會是對的？」

4

到這個禮拜的尾聲時，我們都已經停課期滿，該如常回去上學了。

法克斯先生宣布我們要舉辦特別的全校週五朝會。每個人都拖著腳步進到大廳，嘈雜聲不斷，因為我們全在討論到底有什麼事。

「我開心又驕傲的向大家介紹一位非常特別的訪客，」他在最前面神采奕奕的說。「我才華洋溢的兒子雨果。」

我們都發出呻吟。法克斯先生每學期至少有一次會這樣把他「才華洋溢的兒子雨果」推進學校裡，告訴我們他是個多棒的演員，還有我們全都可以向他看齊，儘管很顯然的，我們沒有什麼前途。

「等他的戲演完再叫我起床。」傑克打了一個呵欠說。

「我今天來是要告訴你們，我的成功與特權完全無關。」雨果在大廳前方大步的走來走去。他現在已經暖身完畢，用手臂瘋狂比畫著。「我成為當地受人尊敬的年輕演員，是因為我非常努力。」法克斯先生站在他身旁，就像一隻猛點頭的狗。「你們當中有些人也可以有所成就，只要你們堅忍不拔。雖然我了解，住在這個住宅區，有時候你一定覺得成功距離你千萬里遠。」

從他們臉上的表情看來，老師當中有一、兩位也像是聽雨果・法克斯的演說聽得快煩死了。

「我很幸運，能到城市去上私立戲劇學校。」他繼續自顧自的說下去。「可是你們住宅區這裡就有很棒的設備，而且我有很讓人興奮的消息要宣布。」他停了半晌，我幾乎感覺這時候應該配合鼓聲才對。「我即將在社區中心開辦幾場免費的戲劇工作坊。我們甚至有可能找一些真正的演員和電影導演來對同學們演講……」

「雨果非常好心，願意把時間奉獻給弱勢地區的年輕人，」法克斯先生突然插嘴，滿臉笑容的面向他兒子。「我會鼓勵你們大家好好利用這個機會。」

「像你們一樣的年輕人，」雨果高呼，把手敞開，伸向我們。「你們現在就可以努力尋找更好的人生。」

這些話聽來就像電視上那些花稍的廣告詞。

可是電影導演來對我們演講……那可能還滿有趣的。如果他們真的認為我們還有機會的話。

★

內景：社區中心——週六下午

當地的年輕人都聚在這裡，聆聽一位有名的電影導演演講。

導演

〈熱切的語氣〉

所以，讓我們來談談工作目標的事。電影產業裡有許多不同的工作……音控師、替身演員、選角師、髮型與服裝組工作人員……你們知道我的意思吧。這裡有任何人有興趣進入電影產業工作嗎？

沒人舉手。導演巡視全場觀眾，目光落在一個男孩身上。導演用手指著他。

導演

那位同學。你想怎樣規畫自己的人生呢？

所有人都轉身看著那個男孩。男孩臉紅了。他看著自己的手，什麼話也沒說。

導演
來嘛，別害羞。每個人都有夢想吧，你的夢想是什麼？

男孩
〈很緊張的〉
我想寫劇本。

男孩覺得他在導演的嘴唇上看見一個非常微小的假笑。

導演
〈對聽眾們眨眨眼睛〉
你剛剛說「劇本」嗎？

男孩
對。電影劇本。有高額製作費和A咖演員的電影。

他背後傳來一陣輕微的笑聲。

導演
小子，你住在哪裡？

男孩
我住在這裡，這個住宅區。

導演
你去過好萊塢嗎？

男孩
沒有。

導演
你認識這一行的任何人嗎？任何劇作家，或是任何能帶你走進這一行的熟人？

男孩
不認識。

導演

你爸媽送你去上戲劇學校嗎？

男孩

沒有。

導演

這樣哇，我只能說祝你好運了。

導演把頭往後仰，開始哈哈大笑。

聽眾席爆發很大又吵鬧的笑聲。住宅區大笑的居民聚集在敞開的門邊。男孩看見他自己的爸爸站在最後面。他正用手抹著眼睛，發出大笑。

笑聲震耳欲聾。

男孩想開溜，他推開群眾，離開這棟建築。

幕落。

★

我強迫自己把注意力拉回房間裡。

「所以，這裡有沒有誰有興趣要參加？」雨果問。「我會在會後記下你們的名字，幫你們保留名額。」

幾隻手很小心的舉起。我把手壓在大腿下，我想像場景中殘忍的笑聲還在耳邊回響著。只有法克斯先生很熱情的感謝他兒子，還試著激勵我們狂熱的一起崇拜他，不過雨果的演講最後只獲得少數老師的掌聲。

在早上最後一節課後，我們像平時一樣在科技大樓外頭會合，然後才穿過中庭，準備去吃午餐。

我最後一個到。我跟著大夥進到建築物裡的時候，林佛德在鬧烘烘的餐廳外面走廊晃來晃去。他把一隻手臂搭在我肩膀上，我因為他壓下來的重量往下頓了一點。

「哥們，你沒打算像法克斯先生建議的那樣去見那個諮商師吧？」

我用力吞了一下口水。

另外兩個人聽見了，他們中止交談，聽起我們說話。

傑克的嘴巴開開的。「小柯，你沒有要見她，對吧？」

「當然沒有。」我聳聳肩。

林佛德搖了一下頭。「他當然沒有。我只是確認一下，誰叫那隻狡猾的老狐狸試圖讓我們全都同意那個條件。」

我真希望他能移開手臂。他比我高，身材也比我魁梧，他的手肘正戳進我背部正中央。可是他壓得更用力了。

「有隻小鳥告訴我你今天早上到行政大樓那裡去了。」林佛德的微笑縮小了。

「小柯，我看見你走到那裡去，」哈利語帶抱歉的說。「可是就像我跟林佛德說的，你不可能去見那個沒用的諮商師。」

他的意思是沒跟林佛德報告這件事就不行。

我的身體裡出現一種感覺，勾起我小時候做錯事卻不曉得哪裡做錯的記憶。

「我得去學校辦公室拿一份表格改我爸的手機號碼，就只是那樣。」我聳聳肩，彷彿不知道這有什麼好大驚小怪的。「不過，我以為法克斯先生說我們全都得去見那位諮商師。」

「他有那樣說嗎？我以為他只是建議我們那樣做。」林佛德對其他人做出一個卡通式的皺眉。「那隻狡猾的老狐狸說我們得做很多事，不過我們通常不理他——對吧，兄弟們？」

傑克和哈利點點頭表示同意。

「小柯，我只是想問一下，因為那樣就是破壞規矩，哥兒們。我的意思是，如果讓我發現你是去見她的話。」

我想到我和芙萊雅的談話，她說那些談話只限於我們之間。

「別擔心。」我把頭往前傾，試圖甩開他，可是他還是沒有移動手臂。

「他們會很高興我們槓上彼此。那就是為什麼那隻狐狸要我們全都去。」林佛德的臉變得無情。「她一開始會很友善，讓你寫下一堆東西什麼的，然後再用你寫的東西來跟你作對。跟我們作對。」

「對，我知道。」我說，感覺背部最底下溼了一大塊。

最後，林佛德的手臂總算從我的肩膀滑下來，嘴唇向外咧開，露出兩排整齊的牙齒。

「酷。我就知道你才不會這麼笨。」

我脖子後面感覺刺刺的。

我們還站在餐廳外的走廊上看著彼此。有人關上了外門，我們之間懸著的空氣沉重又溫暖。

這時候林佛德笑了，然後其他人也笑了。我們全都開始走向晚餐餐廳的雙開門，最後我終於感覺自己的肩膀往下放鬆了一點。

我拉開門，一陣噪音就像逃竄的蒸氣那樣湧了出來。我轉身再看了一下林佛德，他的眼睛很短暫的掠過一陣陰影，就像水底聚集了什麼平滑又黑暗的東西。

餐廳擠爆了，可是我們在遠遠角落的那一桌還是沒人坐。

我們拿著裝得滿滿的食物托盤走過吵吵鬧鬧的餐桌間。林佛德帶頭，椅子腳摩擦著地板，因為其他學生匆匆忙忙閃到一旁，讓他通過。

我們快到我們的位置時，他突然停下腳步，轉過身去，他的臉亮了起來，咧成一個很大的微笑。

「看看這個。」

他停在一張桌子前，桌子一端是三個女孩圍著她們的食物，很親密的坐在一起。桌子另一端，獨自坐著的，是那個害我們被停學處罰的新來的男生。

他垂下頭挑揀著他的食物，磨損的外套袖子垂到手指旁。

林佛德很用力的踹了他的椅子腳。

男孩很明顯的跳了起來，他的頭猛然抬起，張開嘴準備要說什麼，可是一看到林佛德就馬上把話吞了回去。

「你沒事吧，移民仔？那是你的名字，不是嗎？移民仔？」

男孩低頭看著他的食物。

「也許你應該叫呆仔，不是移民仔。」傑克發出噓聲說。

林佛德的雙眼掃射整間餐廳，可是午餐督導員全都在前面忙著，調節亂糟糟的隊伍人潮。

「移民仔，在這個國家，有人問你問題的時候，你應該要回答。」

「對，我們叫這個是禮貌。」傑克補充。

女孩們已經停下她們的午餐，坐在附近桌子的人現在全都饒富興味的觀看這一幕。

「我再問你一次。」林佛德重複。「移民仔，你沒事吧？」

附近的桌子傳來波浪般的笑聲。

「我的名字叫塞格．祖拉柯維斯基。」男孩安靜的說，眼睛垂向餐盤。

「名字還真長咧，了不起。」林佛德不屑的繃緊他的臉。

「我是按照我外公的名字命名的，他是俄國人。」

塞格誤會了。他以為林佛德真的對他的名字有興趣。

「是喔，好啦，講夠無聊的家族史了。我想我們最好叫你移民仔就可以了。」

「聽起來不錯呀。」傑克附和。

塞格長長的竹竿腿彆扭的縮在桌子底下。他長褲的褶邊破破爛爛，鞋子前端磨損到變成髒兮兮的灰色，皮革也灰黑黯淡。他有一隻腳輕輕上下擺動著，彷彿頭腦裡正播放著音樂。

「林佛德，有個餐廳的工作人員現在走過來了唷。」我喊著。他從來不懂什麼時候該喊卡。

傑克瞥向餐廳。

「沒有啦，他們都在忙，小柯，不必擔心。」

「移民仔，真高興看到你在享受你的免費英國食物，」林佛德繼續愉快的說，就像他在討論的話題是天氣似的。「我也真高興你在接受免費教育，多虧了英國的納稅人。」他的眼睛危險的閃爍著。「你為什麼不也享受一些免費的水呢？」

林佛德把他的一整杯水翻倒在塞格的食物托盤上，水往下流，淹沒他的食物。林佛德還把最後幾滴水也好好滴乾淨。

塞格沒有往後跳，或是驚呼。他瞪著自己毀掉的食物，一動也不動。

我們四周揚起一陣驚訝的大笑，林佛德很快的走開。我聽見餐廳員工從房間另一端叫大家冷靜，可是這時候我們早就無辜的坐在自己這一桌了。

「大夥兒星期五晚上有什麼計畫嗎？」林佛德在我們帶著托盤坐下時宣布──就像任何事都沒發生。「我老爸幫我和他買了佛瑞斯特主場賽事的票。其他人準備做什麼？」

「我要和我哥還有他朋友去看電影，」哈利邊嚼著滿嘴食物邊咕噥著。「不過還不曉得我們要看哪部電影。」

「我們有家庭聚會。阿姨、舅舅、表兄弟姊妹。完全是噩夢一場啊。」傑克翻著白眼。

「是媽生日，所以我至少可以偷渡幾罐啤酒到我房間吧。」

「酷。」林佛德笑了。

我望向塞格。他正試圖捲起溼透的外套袖子，他身旁的人們則繼續盯著他看。

「小柯？」林佛德看了一下塞格，然後又回來看看我。「我問你今天晚上要做什麼？」

如果有人問起，我腦袋裡通常會跳出什麼答案，可是今天我沒辦法思考──我頭腦凍結了。刀叉哐啷作響的聲音和盤子乒乒乓乓的聲音在我耳畔變得愈來愈大，可是我還是想不起要給林佛德什麼答案。

哈利和傑克從食物上抬起頭來。

「他被嚇傻了。」傑克得意的笑著，用叉子扒著他的義大利麵。

「保齡球，」我最後終於脫口而出。「今晚我和老爸要去拚十瓶制保齡球。」

林佛德緩緩點頭，用深色的眼睛緊盯著我。

我往下看，把盤子裡的食物推過來推過去。盤裡的義大利麵看起來就像一堆蟲。

我用眼角餘光，看見塞格站起來離開餐廳。

我放下叉子。感覺一點也不餓了。

5

我的朋友們一下課就趕著回家，這樣他們才能準時參加那些家人計畫的活動。

如果爸在家，我們可以談談白天的事，還有我們週末可以做些什麼。可是今天早上他傳簡訊說他要到明天晚上才會回來，甚至可能要到星期天——如果工作需要他待上更長時間的話。

我不確定整個週末要做什麼才好。

我決定要走長長的路回家，往上朝聖安區的威爾路走，再往下走木柏路，那座可以通到我們大樓後面道路的陡峭小山坡。外面真的很溫暖舒適。我第一次感覺夏天真的來了。

好多小小孩到處跑來跑去，他們剛被爸媽從附近的小學接回來。有些小孩發出尖叫或大喊，四處奔跑，活像剛剛逃獄成功似的。不過大部分的小孩都乖乖跟爸媽手牽手走著，小孩們一面講著白天學校發生的事。他們往上看著大人，好像大人就是他們的全世界。

再過幾年他們就會墜入真實世界，了解他們只能靠自己。

再過一個禮拜，所有的學校就會放六星期的暑假，到時候每天這個時間，這裡就會比現在安靜多了。我試著不去想暑假的事，關於我每天要做什麼，可是你也知道當你試著不去想某件事時會發生什麼狀況……你突然變得只會想到這件事。

有個很酷的主意已經在我腦袋裡翻滾了幾天。我在想也許我可以說服爸做某些工作時帶著我一起，這樣我就可以看看他到底是靠什麼過日子。

這樣可能會很有趣，我可以好好幫他忙，他就知道我已經不是小孩子了。我可以看看不同的地方，也可以和爸待在一起，而不是日復一日、自己一個人待在公寓裡。

我只需要挑選對的時間問他，不過要這麼做，他得要在家。我掏掏口袋，注視著手裡這一小堆零錢。三鎊八十二便士。今天晚上沒辦法買外帶披薩了。

冰箱裡還剩半品脫牛奶，一個優格，還有一顆蛋。加上上面有一點綠綠的六片白麵包。這不會困擾我，反正我本來就準備把麵包烤來吃。而且黴菌只不過是盤尼西林，吃了不會死。

我抵達聖安區的威爾路頂點，陡峭的路總算趨於平緩，往左彎就接到梅波利丘陵。

我瞥向那些門禁森嚴的屋子，好奇他們想把誰阻隔在外，還有到底住在那樣的地方，早上起床和晚上睡覺時有沒有什麼不同感覺。這裡的空氣似乎比較清新，天空也比較藍。我們的公寓距離這裡只有半英里遠，位在丘陵底部，可是感覺像是兩個完全不同的世界。

我又走了十分鐘，在我要轉進住宅區時，經過馬路對面的表演藝術中心。大樓是用去年的歐洲基金蓋的，陶瓦磚牆在陽光下活力充沛的閃耀著。

雨果．法克斯就是要在這裡舉辦工作坊，邀電影導演來對我們這些沒希望的人演講。

現在大門關閉上鎖，可是很快就會在舉辦週五晚間的活動時打開。上星期，經理打電話給爸，要爸在有人蓄意闖入後加強外門。有些人就是見不得這裡出現任何新的好東西。

「這些附庸風雅的人有錢卻沒腦袋。」爸總是這樣說。

羅茲老師，我們的戲劇老師，在春季這學期一開始，帶我們去看過這個地方。屋裡聞起來還很新，廁所的地板也沒有小便，牆壁上沒有塗鴉。

我從來沒上過他們任何工作坊，可是我喜歡建築物的新穎。感覺就像有什麼重要的人記得我們粗製濫造的住宅區就藏在這兒，但還是覺得值得投資我們這裡。在這裡晃很酷，沒人會打擾你，而且就算你不想參加，也可以觀看這些活動。在冬天時，這裡也比公寓裡溫暖。

我早上走路上學時，發現有個東西被擱在大門的欄杆上。一張海報，還是什麼類似的東西，被放在一個塑膠資料夾裡，以免被壞天氣毀了。

我跨到路的另一邊，很快看了一下周圍，才停下來閱讀那張紙。我不希望話傳到我兄弟那邊，說我對呆瓜戲劇課或是其他什麼他們認為很老土的東西有興趣。

看見紙上印的大標題時，我僵住了。

主道路上的交通聲，鳥兒在樹間啁啾，甚至上頭滿載著疲憊乘客的巴士經過我身邊——所有的一切都褪入背景中。

我們要你的劇本！

一陣揮之不去的嗡嗡聲從我頭頂一路傳到我的大拇趾。

我用眼睛掃描海報，挑出主要的重點：

我們非常高興能確保歐洲基金將用於提供與表演中心合作的年輕人……他們將可以製作短片，場景設定在梅波利、聖安區，或是達爾斯渥茲。我們邀請當地十三至十八歲的年輕人投稿劇本，以下面這個指定主題進行撰寫：「一個我想去的地方」……

我可以寫一個劇本送去呀！不是只在頭腦裡構思，而是真的把東西寫在紙上。可是我要寫什麼才會夠有趣，可以拍成電影呢？我知道的事只有住宅區的生活，沒人會對那件事有興趣。聖安區不是所有人想去或是想了解的地方。

嗡嗡聲被另一種感覺取代，溼漉漉的東西在爬的感覺緩緩覆蓋在我的皮膚上。我很享受白日夢，當它持續時，你感覺很好。林佛德、傑克和哈利如果曉得我幾乎快被吸引，會笑掉大牙。

參加這類比賽是其他人才會做的事。也許是某個住在梅波利丘陵那種大門深鎖的房子的人。有些小孩曾經環遊世界，還經過專業訓練，他們知道要如何寫像樣的劇本什麼的。可是還是有什麼讓我從那些影印的傳單裡抽出一張，把它摺好，塞進背包側面的口袋裡。我可以之後再讀讀這張傳單——如果沒有更好的事可做的話。

在我把背包上的尼龍拉釦重新扣好時，我從眼角餘光看見一個很快的動作閃過。在大樓另一邊，有人剛剛衝到垃圾桶後面。

大樓全上鎖了，所以我懷疑那是表演中心的員工。我從大門的金屬漩渦狀柵欄旁移開，走到我可以透過鐵籬看得更清楚一點的另一邊。

又來了，一道超快的動作。

然後……什麼也沒有。

我站在那裡又看了好幾分鐘。

路上很安靜，鳥鳴聲不絕於耳，所有的一切再次變得平靜而不受干擾。

不管那是誰，突然就消失不見了。

不管那是誰，不希望自己被人看見。

6

不過我沒有轉進住宅。我繼續向前走。

我穿過杭亭頓街，下班的交通讓這裡路上打結，滿是廢氣，我繼續走，一直走到曼斯菲爾德路為止。

我走向轉角很大的律師辦公室外面的長椅，大樓鄰接著維多利亞中央購物中心。很多人從中心湧出，手上拎著鼓鼓的購物袋。他們看來好像都因為今天是週末感到開心，可是也許我只是因為自己害怕週末才這樣覺得。

我坐了下來。長凳上有塊木板破了，像一塊磨損裂開的骨頭那樣凸了出來。我移到另一邊，坐在一小片午後陽光下，被溫暖的光線照亮。

爸離家工作時，我常在放學後到這裡來。我可以感受其他人生命的活力。每個人都太忙了，沒人有空注意我坐在這裡觀看——有時候，我甚至會捏捏自己，好確定我不是鬼魂。

一台雙層巴士慢慢駛過。有人在喊叫，等我抬頭時，認出那三個起鬨的人是學校九年級的傢伙。他們當中有一個人從公車上層敞開的窗戶對我比出勝利手勢，另一個人則把手彎成一個鬆鬆的拳頭，對我做出粗魯的手勢。

我回敬他同樣的手勢時，一個頭髮束成包包頭、踩著恨天高一樣的高跟鞋搖搖晃晃走過的女人對我發出很大的嘖嘖聲。

「是他先那樣做的。」我告訴她，可是她把鼻子翹得高高的，好像我很臭似的。

我看著街上一個老人慢慢拖著腳步走上坡。我以前見過他。他總是自己一個人，手上抓著一個超大的藍白塑膠購物袋，袋子裡頭幾乎是空的。沒隔多久他就會停下來喘一下氣，才會再繼續走個幾步。他的身體永遠都彎成一個C字型，就連站定不動的時候也一樣。

我納悶著他比較年輕時看起來會是什麼模樣。他甚至可能是士兵，肩膀挺得很直、大步走路，對他的手下發出各種命令。

這樣想起來很奇怪，可是將來有一天我也會像他一樣老。就像爺爺一樣。

我不是在想晚一點要看哪部電影，或是數算爸到底還有幾個小時才會到家，而是擔心我還要幾年才有辦法爬上那座山丘，卻不至於跌斷我那骨瘦如柴的脖子。

這讓我很想做什麼大膽又衝動的事，在我還有機會的時候，在我還年輕時。就像是……我也不知道耶……到博德瑪斯車站去，隨便上一台目的地離這裡幾百英里遠的車，遠離這片住宅區。

如果我真的想要，我可以這麼做。我十四歲，不是四歲——沒人會問我任何問題。

我今天沒帶這麼多現金買車票，可是那不是重點。

白日夢很酷，是因為你不必設想你要執行什麼聰明的計畫，或是設法解決可能出現的問題。

你可以直接快轉到好的段落就好。

★

外景．諾丁漢市立中心——黃昏

博德瑪斯車站，七月。城市在下班後的寧靜片刻，人們還沒出來，在夜裡到酒吧或餐廳去。

男孩靠近票亭。

男孩
〈用自信的口吻〉
拜託你，到倫敦，單程票。

售票員從透明壓克力櫃台後的紗窗望著男孩。

售票員

〈懷疑的〉

你幾歲？

男孩

十六歲。我要去探望生病的外婆。

售票員猶豫了一下，然後聳聳肩膀，點了一下頭。男孩付了二十英鎊，拿到一張票。他轉身離開。

售票員

〈大喊〉

祝你外婆早日康復。

巴士半空。男孩在後面選了一個位置，然後睡著了。

畫面切到：

外景．倫敦市立中心——半夜

男孩站在倫敦塔橋上，向下望著泰晤士河。河流映著天際線建築物彩色燈光的倒影，似乎活了起來。男孩認出小黃瓜大樓、奶酪包子大樓、對講機大樓，還有碎片大廈。

幕落。

★

「不好意思？」一個聲音在我耳邊大吼。

我從座位上跳了起來，發現一個穿著超短迷你裙、戴著長耳環的女人把手搭在臀邊，站在我身邊。她身後有一台摺疊式嬰兒車。

「天啊，你是在恍神嗎？這樣我們永遠到不了公園。我們家布蘭登把奶嘴掉在你椅子底下了。你可以幫忙撿一下嗎？」

「喔當然，抱歉。」我把手伸到雙腳間，撿起奶嘴還給她。

她對我做了一個怪表情。

「你還好嗎?你剛才簡直在另一個星球哩;你是嗑了藥還是什麼的嗎?」

我回答:「沒有,我只是在做白日夢而已。」

她搖搖頭,調整了一下嬰兒車,準備繼續往前出發。小布蘭登的臉上沾滿了巧克力冰淇淋。

不曉得媽在我小時候是不是也像這樣推著我到處走——如果她帶我去公園或是哪裡的話。

「祝你邋鞦韆開心唷。」我對那個嬰兒說。

他舉起吃了一半的甜筒餅乾,對我搖一搖甜筒,然後笑了。

7

等我回到我們的住宅區時，在角落商店停了一下，我用我的一點零錢，買了一大罐汽水和家庭號的牛奶巧克力。

學校的政策是完全不准學生接近洋芋片、甜點和汽水。一點都不行。真不曉得他們怎麼會覺得這樣就可以阻止你吃喝垃圾食物。事實上，這樣會讓你更想吃喝垃圾食物。

我現在先不吃這些好東西；我把它們帶回家留待稍晚再吃。只要再五分鐘，我就要轉進我們那條街了。

聖瑪西亞路熱鬧滾滾。一群又一群小小孩出來騎他們的腳踏車和滑板車，幾個年紀大一點的小孩在玩足球，他們把道路當作足球場，道路兩旁的門柱當作球門。

帕瑪先生在十七號旁站哨，守衛他的甜豌豆梗不受小孩的失誤球攻擊。

十一號的阿德和珊卓拉及他們綁滿辮子的朋友們看起來很放鬆，好像已經在外面的花園待了一整天的感覺。他們早就把小小的前花園變成自己的親密空間。只要沒下雨，他們每天都待在那裡，翹腳坐在蒲公英間，喝罐子凹掉的啤酒。

他們總是放一種怪怪的音樂，聽起來有點像吉他，可是更重金屬一些。他們的舊沙發在外面擺太久了，久到種子都開花了，從椅墊間穿了出來。

「和平，兄弟。」阿德看見我時喊道。

爸說他們給這條街帶來不好的名聲，抽大麻，住在垃圾坑那些的，可是我舉起手來招呼阿德。

再遠一點的七號那邊，布魯斯特太太跟她住在樓下公寓的佩特斯一家共享的短草皮上舉辦烤肉趴。

爸說烤肉時應該等到火焰熄滅、煤炭變白時才開始烤，可是布魯斯特太太正在燒到腰部高的火焰地獄裡烤一排包餡的香腸。

她的雙胞胎孫子亞曼尼和范思哲正繞著院子用尖尖的樹枝戳對方。

「阿罵尼！凡賽斯！」她尖叫著要他們停下來，然後轉向我，手上揮舞著一根鐵鏟。

「柯倫，還好吧？」

她把短短的香菸頭從乾癟的嘴唇間抽出來。「很適合烤肉的天氣，對吧？」她穿著花花拖鞋，拖著腳步走到大門邊時，搖搖欲墜的菸灰撒滿了龜裂的混凝土小徑。

布魯斯特太太對我手臂下夾著的汽水和巧克力棒皺起眉頭。

「如果你想留下來吃點心，我們還有超多香腸喔，小寶？」

「不了謝謝您——我和老爸晚一點要去打保齡球。」

我試著看起來像期待夜晚約會的人，可是布魯斯特太太可不好騙。

她拽著她的香菸，瞇起眼睛躲太陽，望向路邊爸空盪盪的停車位。

「好吧，小子，只要你們已經決定就好。」她的身體微微向前傾，注視著我，臉頰上鬆軟的皮膚掛在嘴巴兩側，像肉做的窗簾似的。「我不喜歡想像你得在這樣一個美好的夜晚自己一個人困在那間公寓裡，聰明小子。」

「我沒有。」我很快的說。「我的意思是：我很好，謝謝您，布魯斯特太太。」

我笑了一聲，讓她知道我有多好，可是從喉嚨裡溜出來的聲音太高太緊，好像調得太緊的小提琴琴弦。

在涼爽的公寓裡，我的手臂因為雞皮疙瘩感覺刺刺的，耳朵則在突然的寂靜中響起回音。

我用腳踢上門，走進客廳。在這裡，我都還聽得見室外不明顯的聲音。尖叫聲、笑聲、偶爾有一台車送客人來參加烤肉派對的聲響。可是困在屋裡，派對的氣氛距離我大概有一百英里遠。

我推開百葉窗，往下看著路面。爸空空的停車位就像少了一顆牙，瞪著我看。

我很快想了一下我是不是該下樓去找布魯斯特太太。我可以說爸剛傳簡訊給我，讓我知道他要遲一點才能回來，時間太晚了，所以不能去打保齡球了。那樣我就可以留在那裡吃烤香腸。

可是我不久就想到，她可能很快就會注意到爸的廂型車根本整個禮拜都不在，她會用她那雙像X光的眼睛看著我，只要一秒鐘，就能分辨事實和謊話。布魯斯特太太照顧她兩個孫子實在是浪費人才，她應該要幫英國安全局工作才對。

爸老是警告我不要洩漏我們的事的聲音在我耳邊回響。如果社工和那些幫倒忙的人聽說他這麼常外出工作，就會惹來各式各樣的麻煩。我可能會被託管。爸可能會被起訴。那樣的話，我們會流落到哪裡呢？

不，我自己待在公寓裡，關上門，開著電視，還是比較好，我最好遠離好心的布魯斯特太太，還有她咄咄逼人的那些問題。

8

星期六午餐時間，我在兩罐生鏽過期的水蜜桃罐頭後面，發現一包舊泡麵。

我把滾水倒進塑膠壺裡，看著粉狀的麵條和一塊塊番茄膨脹成潮溼的胖蟲蟲和血紅色的團塊。本來可能是新鮮胡蘿蔔的小塊食物，變成糊狀的小小橘色塊狀物，就像你嘔吐時沉到馬桶最底下的那種東西似的。

這聽起來很噁心，但吃起來真的很不錯，而且絕對比吃沒抹奶油的發霉吐司加一顆蛋要好太多了。

只要再等一分鐘就可以吃泡麵時，我聽見前門「砰」的一聲打開了。

我的心臟幾乎快要跳進嘴裡，不過爸剛好在這時候很快的進來了，他一手拿著過夜的大袋子，另一手抓著好幾個袋子，袋子裡裝滿了食物。

「你回來了！」

我把泡麵抛在腦後，衝到爸面前，接過他的購物袋，看看袋裡有什麼。

結果是……

披薩。汽水。餅乾。

爸用空出來的手摸了摸我的頭髮。「我提早離開了，覺得一定可以嚇你一跳。」

「太棒了！」我笑了，開始把買來的東西放到一旁。

「我本來可以更早到的，可是在回家路上接到一通電話，有人又破壞了表演藝術中心。」爸嚴肅的說。「我在路上又去修補了幾扇窗戶。」

我把一條麵包放在檯面上，然後看著他。

「他們知道是誰幹的嗎？」我問。「那些破壞。」

「也許只是無聊的當地小孩吧，小討厭。反正現在解決啦。」爸聳聳肩。「給我一杯茶如何？好累的旅程，交易貨幣又發生了麻煩事。」

在他脫下沉重的工作靴時，我幫爸泡了一杯熱茶。他換穿了一件灑到顏料的運動褲，還有一件手臂下有大大開口破洞的T恤。

我想告訴他，我看到那個在藝術中心大樓晃來晃去的人，可是事實是我根本沒有真的看見什麼。只有一個人的影子——我用眼角餘光瞥見的動作，後來就什麼都沒看見了。不管那是誰，似乎在我眼前消失不見了。

爸回到客廳，不過他沒像往常那樣坐在電視機前面喝茶，而是坐在沙發上的我旁邊。

「這禮拜好嗎？」他很大聲的喝了一口茶，然後直直盯著我看。

我想了想發生的事情。被停課一天，還有跟學校的諮商師見面。

「還可以。」我聳聳肩，沒再繼續這個話題。

爸把茶放在地板上，嘆了一口氣。他臉上黏著的笑容看起來怪怪的。

他又拿起馬克杯。

「你這禮拜好嗎？」我問，為了找話說。

「我很好，小子。真的很好。」

爸繼續發出很大的嘆氣聲，好像喘不過氣來似的。可是不可能呀，他只是坐在這裡，什麼事也沒做。

「爸，你還好嗎？」我看著他。

爸在他的座位上扭來扭去。他的肩膀拱了起來，臉紅紅的。

「我很好。坦白說，不能再更好了。」他咳嗽了一下，然後又把他的馬克杯放下來。「我很好。」

「只是你好像有一點……我不曉得耶……」我對他瞇起眼睛。「不一樣。」

爸笑了，他的肩膀從耳朵旁邊的位置垂下來了一點。

「我的一切都逃不過你的眼睛，對吧？」他清了清喉嚨，吸進一口氣。「是這樣的，小柯，我……嗯，我遇見了某人。」

「跟新的建案有關嗎？」

這可能是開口告訴爸我暑假想跟他去工作的好時機。

「不是工作，不。不是。」爸的膝蓋上下搖晃。「我的意思是：我遇見了某人。一個女人。」

「一個女人？」我微弱的複述他的話。

爸……和一個女人？

我想不到該說什麼。我的額頭又溼又熱，就像兩年前得水痘前的感覺一樣。

爸觀察我，我設法讓自己的臉上長出一個微弱的笑容。

他拖著腳步走到椅墊邊緣，開始敘述，他說的話比一年之間跟我說的話還要多。至少，我的感覺是這樣。

「她比我年輕一點，不過年齡只是一個數字而已，不是嗎？小柯，她棒透了。美麗、聰明、幽默，她是我從來沒想過能再度擁有的一切，在那之後……嗯，你知道的。」媽。

「我想告訴你是因為安琪——那是她的名字——嗯，她超想過來拜訪。她說她要見見這個我一直跟她說的超棒兒子。」

我覺得前胸和後背緊緊的，就像我得為了爸死黨的婚禮穿上租來的西裝的感覺。

爸還在繼續說，可是我已經沒在聽了——我只是看著他。他看起來超有活力、生氣勃勃，我以前從未見過他這個樣子。我只是需要趕走我喉嚨這一大塊東西，說些話讓他知道我為他感到開心。

等我平靜下來，我知道我會為他感到開心。

爸用手拍了一下我的肩膀。一些茶從他的杯子裡噴濺出來，透過我的牛仔褲，燙到我的大腿。

「我和你，小子，我們就像這樣——」他在我的臉前面擺出一個拳頭的形狀，讓我知道我們之間有多麼緊密。「沒有任何東西可以擋在我們之間。你知道的，對吧？」

我點點頭，喉嚨裡的腫塊離開了一下，可是沒一會兒又停在我喉嚨裡比較高的地方。

後來的週末時間我都沒怎麼見到爸。

他星期六下午粉刷了他的房間，星期天一大早又出門去買新的毛巾和床單，還在我整理公寓時，買進來一堆高檔食物和酒類。

爸在家時，通常會把手機放在廚房充電，然後整個週末都把手機留在那兒。可是這整個週末，他的手機每幾分鐘就會接到簡訊，發出「叮」的聲音，而且每次我看著他時，他不是在看簡訊，就是在發送簡訊。

「安琪明晚會過來，」爸在星期天下午茶時間宣布，那時候他終於坐下來和我一起觀賞球賽。「我們可以一起好好吃頓飯。」

也許整件事——這個安琪出現的事——並沒有這麼糟。如果爸會持續把櫥櫃和冰箱填滿食物的話。

「我們可以打開你昨晚買的那個胡蘿蔔蛋糕嗎？」我咂咂嘴唇，想像溼潤、香味強烈的海綿蛋糕，和蛋糕上的奶油糖霜。

「我們等安琪到的時候再吃好嗎？」爸把眼睛從電視上移開看著我，好像還想說什麼其他的話，可是沒一下子他的眼睛又飄回球賽上。

過了一會兒，他眨眨眼睛說：「安琪會帶人一起來。我想你一定會很高興能認識他；事實上，我很肯定。你們倆一定可以變成好朋友。」

我想她一定有一條狗，可是爸一直沒明說。我一直想要一條狗，可是爸說這樣對動物不公平，在我去上學、爸整星期外出工作時，自己被困在公寓裡。

「喔是喔，那他叫什麼名字，這個某人？」我笑了，配合他的遊戲。

「等你明天見到他就知道了。」爸痛快的從他的啤酒罐裡喝了一口。「這會是很棒的驚喜。」

9

星期一早上，我和芙萊雅約了見面諮商。

如果你有「諮詢指導約」——他們是這樣稱呼諮商時間之類的安排——你就可以少上一部分的課。

我很幸運，可以跳掉大部分的數學函數課，更棒的是，我朋友們全都在上比較基礎的課程和其他課，所以我應該很容易溜進芙萊雅辦公室，不被人發現。

我想起林佛德表示反對的言論，還有他是怎樣堅持只要他不同意，我們全都不許去見諮商師。他認定芙萊雅是要來逮我們把柄的，完全沒辦法信任。

有時候我感覺他才是大人，我、傑克和哈利只是供他到處使喚的小小孩。以前才不是這樣。以前我們曾經全都是平等的，可是到了某個時間點以後，林佛德在我們沒有人注意到的情況下，把自己變成了掌權的人。

現在我們根本無力改變這種狀況了。

我不能今天就直接從約定的諮商時間消失，所以我得去這最後一節諮商，然後告訴芙萊雅我沒辦法再去了。我沒有選擇；如果林佛德發現我在他背後跟她談話，我會死得很慘。

我走過中庭，抵達芙萊雅辦公室所在的行政大樓。陽光把影子投射到學校在春天這學期才鋪好的光滑新石板地面上。鋪面交錯著鑽石型的奶油白和淡粉色。這塊新完工的區域還沒有口香糖塊或是口水凝塊的裝飾。

這提醒了我……爸應該在我們的短草地上鋪設小庭院的事。一開始他說他會在四月做好，後來延到五月。接下來他又有機會到波蘭去做一些報酬比較高的工作，所以他說他一定會在六月的時候完工。他說我們甚至可以在庭院裡設一個小烤肉架。機會還真大。現在已經七月中了，我們下個禮拜就要放暑假了。還是沒有庭院。

我把手放進運動褲口袋，用手指圈住我的新筆記簿。芙萊雅要我在再次晤談時帶著它。我以為想到得再跟她談話的事會讓我感覺害怕，可是奇怪的是，我的心裡反而變得比較輕鬆了。就像有些暗黑的陰影被趕走似的。

接近芙萊雅辦公室門口時，我的心開始狂跳。我敲敲門以後等待，就像牌子上寫的一樣。

門彈開了，另一個學生從她辦公室出現，我退後一步。是塞格．祖拉柯維斯基。他幫我扶著門，然後跨進走廊。我感覺到他在看我，可是我沒看他的眼睛。

芙萊雅明亮又綴著雀斑的臉和短短的紅髮出現在我面前。

「塞格，下次見唷。」她對著他的背後喊，然後關上我們身後的門。「柯倫，早安。」

「早安。」我喃喃自語，拖著腳步進到她辦公室，不知如何是好的站在房間中央。塞格．祖拉柯維斯基在這裡幹嘛？他跟芙萊雅說了些什麼？

「選個你喜歡的地方坐吧。」她對有軟墊的座椅點點頭。

我拿掉背包，沉進離她最遠的椅子裡。我瞪著我們之間矮桌上的水罐和兩個杯子。

「所以——」芙萊雅拿起水罐，「你好嗎，柯倫，週末過得好嗎？」

我看著氣泡水劈劈啪啪的倒進兩個玻璃杯裡。

我聳聳肩。「還可以。」

「你期待暑假嗎？」

我又聳聳肩。我不要去想自己一個人困在公寓裡長達六星期的事。

「如果你想要，我們星期五還可以在放假前再安排一次晤談唷。」芙萊雅微笑的說。「然後暑假期間，如果你沒走遠，我在表演藝術中心每週有一次諮商時段。」

我很快點了一下頭。在今天晤談快結束時，我會告訴她我不會再來了。

「你有把所有事情都寫在你的筆記簿嗎？」芙萊雅問。

我把手探進運動褲口袋拉出筆記簿，然後把筆記簿推到桌子另一端給她。

「我不曉得我有沒有做對耶。」我自言自語。

她搖搖頭，把筆記簿推回來給我。

「柯倫，這是你的筆記簿。如果你想的話，你可以打開筆記簿，把你寫的東西念出來。可是選擇權在你。」

怪了。林佛德說她的工作是檢查每個字，試探我們，抓我們的把柄。

「就像我之前說的，」芙萊雅繼續說：「這不是回家作業，不是對你任何一種形式的測試，好嗎？」

我點點頭。

「你可以放心。怎麼寫沒有對錯。」

我看著她，可是我的嘴巴感覺乾乾的，想不到什麼話可說。

「所以……」她微笑著喝了一口水。「結果你寫了什麼呢？」

我喝了一大口自己的水，打開筆記簿。

「我列了一些空閒時我想做的事。」我感覺自己的臉頰一陣熱。「只是一些很呆的東西。」

芙萊雅往後坐，把她蒼白、滿是雀斑的手擱在膝蓋上等待著。

我盯著自己在第一頁亂塗的痕跡。我為什麼要寫這些胡說八道的東西咧？

「我想做的事。」我念出標題，巴不得現在能挖個很深的大洞跳進去。「第一，看電影。」

「哇，怎麼會這麼巧，你太懂我的心了！」芙萊雅用輕快的語氣唱歌似的說。「哪種電影呢？」

「不知耶，任何種類吧。」我在椅子上挪來挪去，可是好像沒辦法找到舒服的姿勢。「我喜歡動作電影。還有科幻電影……我想是吧。」

「好的，那你到底有沒有看過任何獨立電影呢？」

我搖搖頭。我不曉得她是什麼意思。

「那是我最愛的一種電影，」她說：「繼續說啊。」

我看著清單上下一件事，覺得自己的臉頰更燙了。

「第二，寫劇本。」

我用外套邊緣搧了一下風。我一開始進到這個房間時，好像沒有這麼熱。

「你會寫劇本？哇，柯倫，真是太棒了。」

我偷看了一下她是不是在嘲笑像我這樣的人寫劇本太可笑了，可是她沒有。事實上，她看起來頗為佩服的樣子。

「不是什麼正統的劇本啦，」我很快的說：「我的意思是：我寫得不是很好。」

「你有帶在身邊嗎？」芙萊雅把身子向前傾。「可以讓我讀的，你寫的劇本？」

「沒有。」我說。

「你有參加作家團體什麼的嗎？」

我沒辦法不露出微笑。她一定覺得我是什麼專業作家之類的。

「那有什麼好笑嗎，柯倫？」

「附近根本沒有那種東西存在，再說我寫的又不是電影正統劇本什麼的。我大部分的時候是在自己腦袋瓜裡寫劇本。那就是我不打算參加藝術中心比賽的原因。」

她丟給我一個疑問的表情，我想起背包裡的傳單。我把傳單從包包側面的口袋拉出來遮給她。

「可是這太完美了啊，」她打開傳單時深呼吸了一下。「我是說，這是大好機會呀。」

「對我來說不是，小姐。」我搖搖頭。「我要寫什麼？政府補助的住宅區和角落商店嗎？我不認為。」

芙萊雅很快的站了起來，我有一瞬間以為我惹惱了她，可是她走到她的桌子前，拉開一個抽屜。

她拿出一片ＤＶＤ，把片子舉起來讓我看得見。片子的封面，有一個邋遢的傢伙不可一世的睥睨著鏡頭，用兩根手指比出勝利的手勢。

「你看過這部電影嗎？」

我又搖搖頭。我不覺得法克斯先生會太高興——如果他曉得芙萊雅鼓勵學生看這種東西的話。

「你為什麼不看過以後，在星期五我們見面時告訴我你覺得如何？」芙萊雅把ＤＶＤ遞給我。「到時候你再試著告訴我勞動階級的生活一點也不好玩。」

我很不確定的從她手上接過影片。那看起來一點也不像合我口味的電影。

那時，我想起我應該要告訴她我不打算再來諮商了，但我發現自己一面把ＤＶＤ塞進背包裡，一面點頭。

10

我在下課時間和幾個朋友在中庭見面。

「小柯，所以禮拜五的保齡球好玩嗎？」林佛德玩遊戲似的捶了一下我的手臂。

「嗯，很棒呀。」我說。

他瞥了傑克一眼，可是傑克什麼話也沒說。

「嘿，猜猜看我今天早上到行政大樓時看見誰走進那個諮商師的辦公室？」哈利說。

有一秒鐘的時間我感覺自己真的要吐了。哈利一定看見我溜進芙萊雅的辦公室了。

林佛德把眼睛瞇了起來。「誰？」

我準備要解釋我不得不去，可是不會再去了的事。

「移—民—仔。」哈利皺著眉頭說。「他走進辦公室，一副好像那是他家的樣子，真的，眼光直接穿透我，好像我根本不在那裡，我在等哈莉絲老師影印的時候。我看他八成是要告密說你在餐廳毀了他的食物，林佛德。」

我開始正常的呼吸。

「我就知道。他們就是要靠那個討人厭的諮商師，讓我停學。」林佛德咬牙切齒的說。

「他們本來想看你們幾個會不會告密，那招沒用，他們就想靠那個波蘭間諜。法克斯先生想把我永遠踢出這間學校，我就知道。」

我們全都皺起眉頭。

「講到抓耙子……」傑克用手指戳著空氣。

塞格．祖拉柯維斯基走過旁邊，雙眼看著地板。

「嘿，移民仔，聽說你在跟學校的諮商師告密。」林佛德對他大吼。「你這個爛咖。」

我感覺一道熱氣爬上我的脊椎。

塞格繼續向前走，沒有回頭看。

「你最好別把我拖下水，輸家。」林佛德咆哮，大步走向他。等他走到塞格身旁時，他抓住塞格破破爛爛的背包，很粗魯的甩動。

「拜託，停止。」塞格大口喘氣，掙扎著想保持平衡。

「只有輸家才會去見諮商師，」林佛德吼叫著，把他的臉壓得更近。「你們這些間諜番仔輸家，我繼父都是這樣叫你們。」

塞格把背包從地上撿起來時，瞄了我一眼。他會告訴林佛德我也見了芙萊雅。

「你看柯倫幹嘛？」林佛德暴怒。「你該回答的人是我。」

我深吸一大口氣。

「來呀，說啊，移民仔：**我是輸家**。」林佛德逼他。

塞格什麼也沒說。

「那你去見她幹嘛？」林佛德拉住塞格外套上面的翻領。「你跟她說了什麼？」

「我……我們導師……是他安排我去的。」塞格結結巴巴的說，他的眼睛輪流看著我們四個。「不是我自己想去的，這是真的。」

「那又怎樣？他們也試著要我們去，可是我們沒有一個人去，像小貝比一樣在那裡流鼻涕。」林佛德把塞格的外套拉攏得更緊，把他拉得更近。「對吧，兄弟們？」

「沒錯。」傑克表示贊同。

「沒錯。」哈利點點頭。

「沒錯。」我聲音啞啞的說，把指尖刺進手掌裡。

塞格看著我，我感覺熱氣流到臉上和脖子上。我的嘴巴好乾，甚至說不出任何話來幫忙改變話題。

「可是你……」塞格開始對著我說話，隨即又閉上了嘴巴。

「可是什麼？你到底打算要說什麼？」林佛德的眼睛深沉又狂野。他吐出這些話，把碎碎的口水噴到塞格臉上。「說呀，你這個笨蛋。」

我有那麼一秒閉上了眼睛，準備聽見他說今天早上他在芙萊雅的辦公室看到我。

「沒什麼。」塞格安靜的說。「我沒有什麼要跟你說的。」

「是唷，那我也沒有什麼要跟你說的。」林佛德高高抬起膝蓋，然後真的很用力的踩在塞格的腳上。

塞格哀號出聲音來，用他好的那隻腳往後跳，眼睛淌出淚水。

林佛德抓起塞格的背包，扒開最上面的封口。他把背包倒過來搖晃，直到背包裡每一樣東西全部散落在平滑而色彩柔和的石板地為止。

一群學生聚在一旁看好戲，他們一陣陣的笑聲流蕩在空氣中。

「嘿，這是什麼？」林佛德抓起一張小小的相片，開心的嗚嗚叫。「馬戲團表演嗎？」

「我們來看看是什麼。」哈利踮起腳尖、伸長脖子，越過林佛德的肩膀探看。

「拜託，還給我。」塞格往前撲想拿回照片，可是林佛德把照片舉到頭上揉成一顆球，然後把它扔到一旁，就走開了。

「再見囉，移民仔。」傑克大笑，一面跟著林佛德離開，一面用鞋子踩磨著相片。

我向下看著皺巴巴的照片，看見一個穿著條紋長褲的微笑男人腳上套了一雙長筒黑色馬靴。他的帽子上裝飾著一根長羽毛，坐在一位美麗的女士身旁，女士穿著長花裙，頭上綁著顏色明亮的絲巾。

塞格蹲下來撿起相片，彷彿相片是用最高級的絲綢做成的。他把相片輕輕按在手心裡，徒勞無功的想再次把照片壓平。

任何人都看得出照片已經毀了，可是他還在繼續撫平照片，彷彿那些深深的褶痕會魔法般消失不見。

我轉身走開時，他才發現有人還在，他抬頭看著我，深色的眼睛在他長得太長的劉海下閃著光芒。

我只有那麼一秒對上他的目光，他的眼睛好像鎖定了我的眼睛，讓我沒辦法看向其他地方。

那裡頭有痛苦的無底深淵，可是我也在那雙眼睛裡看見一瞬新鮮明亮的東西，那個東西拒絕被推開。

我張開嘴想謝謝他沒告訴林佛德我跟芙萊雅的晤談，可是沒有任何字從我嘴裡出現。

我跨過他空空的背包，跑著趕上其他人。

11

我整個下午上課時都感覺到一種溫暖的微光，因為我稍晚回家時爸會在家，雖然今天是星期一。

我想不起他上次週間在家是多久以前的事了。

我想和爸一起收看電視上的球賽，可是那個女人晚點要來。她叫什麼名字？安琪。話雖如此，我等不及想見見她的狗，希望是傑克羅素㹴，或是斯塔福郡鬥牛㹴。如果她同意的話，我可以帶牠到運河邊去散散步，假裝一下牠是我的狗。我敢說阿米麗雅和史派克一定會喜歡牠。

我幾個朋友在學校大門邊站得很近。我走向他們時，他們停下話題，站開了一些。

「晚一點要不要去操場踢球？」我加入他們時，傑克問我。「我們約好六點在那裡見。」

「不，我沒辦法。」就這麼一次，我說的是晚上真正的計畫。「晚一點有人要來我們家。」

「不要緊。」林佛德看著傑克和哈利。「我們沒有小柯也可以。」

我的胸口感覺緊緊的。

「那就明天見囉，好嗎？」他們走開時我喊道，可是他們大概沒聽見，因為沒人回答。

我一開門，就聽見公寓裡有聲音。平常我從學校回家時這裡都安靜斃了，所以這樣好像有點怪怪的，不過感覺很好。

我把背包丟在廚房地板上、脫掉鞋子，才走進客廳。我看見一個漂亮、苗條的女人，長頭髮的顏色很淺。她坐在我們的椅墊上，就在爸旁邊。我的心開始狂跳。

我在房裡四處張望，可是這裡沒有什麼狗呀。也許她把狗綁在後面，這樣爸晚一點就可以嚇我一跳。

爸站起來大步走到我這邊。他穿了他最好的牛仔褲，還有像是全新的T恤。而且他刮了鬍子。

「這是我們家的柯倫。」爸露出微笑，帶著我走向她，一副不然我會跑掉的樣子。「這是我兒子。」

「很高興能認識你，柯倫。」她帶著我沒有預期到的很強烈的外國口音，可是英文說得很好。她伸出手來。「我叫安潔莉卡，朋友們都叫我安琪。」

「我和安琪是我在大學幫包商做收尾工作時遇見的。」爸解釋道。「風吹跑了她的傘，我幫她追到傘，帶回來給她。」

「我的英雄！」安琪發出格格的笑聲。

「你從教室窗戶探出頭，我們開始講話的時候……」爸的臉紅得像小男生，「我覺得我所有的聖誕節都同時降臨了。」

看他們兩個這樣，太尷尬了。

她可能是大學裡的清潔工還是什麼的。根據林佛德的說法，他繼父說他們成群結隊的湧進這裡，搶走當地人不需要技術的工作。

房間裡都是花朵和滑石粉的味道。她伸出手來。

「你好，柯倫。」

「你好。」我不斷變換腳的姿勢。

一陣沉默，接著爸說：「我來準備飲料。」

他消失到廚房裡，我很想跟著他。

「來嘛，柯倫，坐這裡。」安琪說，拍拍她旁邊的位子。

我的頭感覺燒燙燙的。

「所以，柯倫，你閒暇時都喜歡做些什麼呢？」

我坐下來，檢查自己的指甲。

「不曉得耶。主要是看電影和足球。」

安琪笑了，她銀鈴般的笑聲在我們安靜的公寓裡感覺格格不入。

「好吧，那是你喜歡看的。可是你喜歡做什麼呢？」

走道後面馬桶沖水的聲音讓我分了心。我聽見爸在廚房裡忙東忙西、杯子乒乒乓乓的聲音。可是如果他在廚房裡，誰在……

門邊出現一道人影。我張大嘴巴，從椅墊上跳了起來。有那麼一秒的時間我僵住了，以為他是從街上晃到這裡找麻煩。可是這時候我想起爸的話：她會帶人一起來。我臉上的熱氣全部消散了。

「柯倫，見見塞格。」安琪露出微笑。「他是我兒子。」

塞格．祖拉柯維斯基走進房裡。他的臉變成布魯斯特太太烤肉架上還沒烤過的香腸顏色，看起來甚至比我還要震驚——如果有這種可能的話。

我們張大了嘴，站在原地瞪著彼此。

爸出現在塞格身後，握著的托盤上放著四個熱騰騰的馬克杯，還有一盤卡士達奶油。

「看來你們兩個人終於相遇啦。」他露出笑容，完全沒感覺情況有哪裡不自然。他把托盤放在松木櫥櫃上。

安琪輪流看著我們兩個，好像在看一場網球比賽似的。

「等一下。」安琪的微笑變淡了一點。「你們兩個本來就認識嗎？」

「在學校看過。」我點了一個頭說，把手指放在大腿側面輕敲著。

「對呀，我們在學校時常見到彼此，不是嗎，柯倫？」塞格望向我這邊，瞇起他的眼睛。「事實上，今天下午我們還共處了一下。我遇到柯倫和他的朋友們。」真夠聰明的。

「那太棒了！世界真小。」爸笑了。「跟你說實話吧，我對你們兩個處不處得來其實有點擔心，不過看起來我們四個人真是天作之合呀——對吧，安琪？」

「我真心希望是這樣。」她溫柔的說，一面看著塞格的臉。

爸笑了，他對我眨眨眼，我張開嘴巴想說話，卻什麼也沒說。

我腦子裡只想到：天殺的我要怎麼對林佛德解釋這一切呀？

爸宣布我們的「客人」會跟我們一起待一陣子。

我和塞格都很驚訝的往上看。

「我們以為這樣可以嚇你們一跳呢。」安琪告訴我們。

「你們既然可以和我們一起待在這裡，又何必擠在B＆B呢。」他對安琪微笑，她點點頭。

「是呀，待在這間連容納我們兩人都不夠大的迷你公寓裡。」我喃喃自語的說。

「柯倫，夠囉！」爸插話。

「我寧可待在B＆B。」塞格對他媽媽皺眉頭。「大學說教職員宿舍很快就會準備好，我們為什麼不能等呢？你又沒說我們得待在這裡。」

「彼特週末才剛提出這個好心的建議啊，塞格，」安琪回答。「我們倆都不喜歡B＆B，這裡好多了，對吧？」

「不，媽媽。」塞格生氣的抱住手臂。「這裡才沒有比較好，再說我們的東西要怎麼辦？」

「你今天上學時我已經都打包好了。」她笑著說。「彼特已經把東西載來了，好讓你大吃一驚！」

「的確大吃一驚。」塞格瞪大了眼睛。「可是不是好的吃驚。」

爸咳嗽起來。

「小柯，我已經在你房間裡幫塞格準備了露營床和棉被。」爸讓他的聲音保持愉悅，卻用眼睛傳給我一個無聲的警告，要我好好表現。「你們兩個人何不現在就去把床架好，也多認識一下彼此？我很確定你們很快就會變成最好的朋友。」

塞格生氣的用鼻子呼氣。

我瞪著爸看，可是他根本沒在看我。我穿過小小的走廊走出房間，塞格跟在我身後。我們一進到我的房間，我就關上房門。

「你到底在幹嘛？」我反擊。「你為什麼會出現在這裡？」

「你覺得我想在這裡，跟你一起嗎？」塞格朝我前進一步，臉龐非常震怒。

「對呀，這個嘛……你才是到這裡來的人，如果你不喜歡，你可以……」

「你覺得這是我的選擇嗎，跟這麼討厭我的你一起待在這裡？」他提高聲音，我瞥向房門，希望爸和安琪沒有在門外聽我們講話。「我怎麼會知道媽媽的新男友是學校惡霸的爸爸？」

「我簡直不敢相信。」我呻吟著，沉進我的床，把頭抱在雙手間。「這真是我最可怕的噩夢。」

塞格發出一聲苦笑。「相信我，這也是我最可怕的噩夢。」

我猛然抬起頭。

「是唷，我打賭一定是。可是我們在講的是我家還有我爸。你不屬於這裡。」

他靠近我，握緊拳頭，身體緊繃，就像準備撲向我。他在我房間和在學校看起來不一樣。比較高，比較魁梧。我站了起來，可是床就在我背後，我沒有空間可移動。

他突然停下動作，肩膀垂了下來。「有什麼用？你沒辦法跟傲慢講道理。」

「你說誰傲慢？」我抓住機會離開床邊。如果他想找我單挑，他可以試試看，看看會有什麼下場。這是我家，不是他家。

塞格把露營床攤平，開始撐開它。

「我不屬於這裡。你們每天在學校都這樣告訴我還不夠，現在你在這裡告訴我，在你家。我現在了解了，可以了嗎，柯倫？也許你可以告訴你朋友們我已經知道了，所以他們別再這樣做——」他用拳頭搥自己另一隻張開的手。

我想起安琪在知道我們互相認識時，看他的樣子。

「你會告訴他們嗎？」我對著客廳點點頭。「關於在學校發生的事？」

塞格沒回答，可是他也沒把臉別開。

他拉開露營床的金屬床腳，往後面站。

「隨你便。」我聳聳肩。「又不是我找你麻煩。」

「可是你在這種痛苦的事發生時也在場，對吧？」

「對，可是我沒有真的對你做什麼。林佛德，對，有時候是傑克或哈利，但不是我。」

「你看著他們這樣做。你在每個該笑的地方笑，柯倫。」

我站起來走到窗邊。我不得不側著身體，因為他的露營床占去了所有的地板空間。屋外後面的草已經長到大門邊的小路幾乎要消失不見了。

「你為什麼不避開他們就好？」他沒回答，所以我轉身回來。「像今天，你不必走過我們身邊啊，不是嗎？你可以繞遠路走。」

塞格慢慢的搖搖頭。他緊閉雙唇，彷彿努力不要說出很多他原本想說的話。

他拉出塞在烘櫃後面、味道陳腐的棉被，把棉被小心的放在床上，才走到門邊。

「你可以不理我。」我抱著手臂。「事實是：我什麼也沒做。」

「沒錯，柯倫。」他把手伸向門把，然後轉過身來直直盯著我看。「你的朋友們讓學校裡這麼多人的生活這麼悲慘，而你什麼都沒做。你還真是個英雄。」

然後他就走了出去，關上身後的房門。

12

我們吃了披薩和胡蘿蔔蛋糕，一面觀賞電視上重播的《你被耍了》，可是我吃不出食物的任何味道，每一口都感覺又乾又硬，就像在吞彈珠似的。

我坐在房間一邊，塞格坐在另一邊。爸和安琪一起黏在沙發上，爸在倒他們的第三杯酒時，她把腿纏在他膝蓋上，他用手臂環抱著她，還用手指繞玩著她一束頭髮。

我轉開頭，喝了一大口汽水。

等一下塞格一定會痛罵老爸，雖然他媽也一樣噁心。

我一直呆呆的瞪著電視螢幕。有人拍了一個呆瓜在小溪上用一條爛繩子盪鞦韆，想也知道他摔進河裡了。

我用眼角餘光看見安琪對爸輕聲說了什麼。

「小柯，如果你們想要的話，現在可以進你們房裡去了。」爸說這句話的方式好像他正在幫我們什麼大忙。「我知道你們會想看你們的ＤＶＤ，或是上網什麼的，而不是跟我們這兩個老古板坐在一塊兒。」

安琪發出格格的傻笑聲，不斷重複著「老古板」這個詞，好像這是全世界最棒的笑話似的。

塞格深沉的看了爸一眼，站起身來，離開房間。

我聽見他在廚房裡大聲放下盤子的聲音，然後是我的房門打開的聲音，這讓我很想大聲尖叫，要他滾出去。他應該問我他可不可以進我房間，不是一副這裡已經是他家的樣子。

我不想在他在的時候進我房間，可是我也不想看爸和安琪在沙發上卿卿我我的樣子，所以我站起來跟著他。

「記得關門，年輕『任』。」爸喊著，安琪又吃吃的笑出聲音來。

我站在房門外，從門縫向內偷看。

塞格坐在他又窄又笨重的床墊上，一動也不動，向下看著一個小小的、打開的行李箱。就我看來，行李箱裡裝滿了亂糟糟的厚紙板，顏色就像壞掉的繩子。

過了一、兩分鐘，我開始納悶為什麼我像個輸家一樣站在走廊上，他卻可以獨占我整個房間。

我用腳推開門然後跨進門內。他連頭都沒抬。

「那是什麼？」我質問他，指著那個打開的行李箱。「這裡沒有空間放你那些垃圾。」

「如果你需要知道的話，這些是我的建築。」

「它們看起來不像建築。」我往前站了幾步，往下看著那些又平又厚的紙上面的黑色線條和摺痕。「在我看來像是一堆舊的厚紙板。」

「看來你根本什麼也不懂。」他嘲笑我，真想把他的笨行李箱推倒在地。

「你得把那些東西全放在你那一邊。我房間太小了。」我跨過他的東西，坐在自己床上。「你和你媽什麼時候才要去找自己的地方？」

「不曉得。」他說。在他再度開口前出現一陣沉默。「對我們來說當然都是愈快愈好，對吧？」

「對極了。」我喃喃自語，把我的枕頭搥得蓬蓬的，放在身後。「我覺得愈快愈好。」

「你這裡有些好電影的照片，」他說，對我滿牆的海報點點頭。「我看過所有《終極警探》系列電影。」

「還真好。」

「我從來沒看過這麼多電影。」他瞪著我床尾靠牆邊堆得整整齊齊的DVD看。

我沒回答他。

他指著他那邊磨損的架子說：「這裡有空間可以放我的一些東西嗎？」

架子大部分是空的，只有幾本我好幾百年沒再看過的舊書和雜誌。我想回答「不」，只是純粹因為不想太好心，可是我受不了他一直煩我。我只希望他走開或閉嘴。兩者同時做到更好。

「大概吧。」我嘆了一口氣。「如果那樣你的東西可以不擋路的話。」

「謝謝你，你真好心。」他說，可是聽起來好像不是真心這樣覺得。

我看著他又再度撫摸那堆爛爛的舊厚紙板，彷彿它們珍貴得不得了，而不是一堆垃圾。

除了占據我半個房間以外，塞格．祖拉柯維斯基還會說夢話。一整個晚上。又臭又長、讓人有聽沒懂的字，聽起來像是「札德克還有巴克查爾」還是什麼的。他一遍又一遍的不斷重複，直到我對他丟枕頭時才停下來。

不必想也知道，我幾乎都沒睡。

後來，等我終於睡著，夢見我在好萊塢一個片場跟馮．迪索講話時，他把我叫醒了。

「早安。」

我張開眼睛，看見他坐在床上看著我。我一面抱怨，一面把棉被拉到頭上。

「七點了，柯倫，該起床了。」

我抓住棉被往下拉，瞪著他看。

「七點？我八點以後才起床。」說完又把棉被蓋到頭上。

「可是我們要洗澡吃早餐呀。還要整理一下房間，對吧？」

「滾開。」我咆哮著。

我聽見他嘆了一口氣，開始在房裡走來走去。

他走出房間，接著是馬桶沖水的聲音。我試圖回到夢裡，就是導演要我當馮．迪索替身的那一段，可是夢現在完全不見了。無影無蹤。

他回到房裡關上房門。接著又再度開始乒乒乓乓、砰砰作響，還有嘆氣的聲音。

我又把棉被從頭上拉下來。

「你沒辦法安靜嗎？你到底在瞎忙些什麼呀？」

「我在把東西拿出來呀。」他說。他現在已經在窗戶底下打開比較大的行李箱，奪走了那裡原本可以站立的最後一片小小正方形空間。

「我不曉得你為什麼還要白白費力把所有的東西拿出來。如果幸運的話，你不會在這裡待那麼久。」

可是他只是笑一笑，就繼續拿出東西，彷彿我什麼話也沒說似的。

我在走廊綁鞋帶的時候，塞格出現了。

「準備好了嗎？」

我抬頭看著他。「準備好什麼？」

「當然是走路去上學呀。」他把背包提起來，背到背上。

「你瘋了嗎？我才不要跟你一起走。」林佛德的臉飄進我腦海中。「我不在乎你什麼時候到校或是怎麼去上學，可是你不能跟我一起走。」

我一把抓起自己的書包擠過他身邊。

經過爸房間時，門開了，安琪出現了。

「你們兩個男生過得很棒吧？」她打了呵欠，揉揉眼睛。她把頭髮綁了起來，臉上粉紅色的口紅也不見了。

爸穿著拳擊短褲出現在她身後，他灰黑相間的頭髮紮成一束。

「真高興看到你們倆合得來，」他說，和平常一樣對一切渾然未覺。「小柯，我晚上會回家，到時候見囉。」

我突然理解到如果爸再外出工作時，我會和塞格及他媽獨處。

我家裡外人的數量會勝過我。

13

和爸與安琪說再見後，我和塞格一起離開公寓。

我們一走到街上，我就大步自己向前走，保持很快的速度繼續走路。我從社區轉向上坡方向時，偷偷向肩膀後面瞄了一眼。塞格還在我後面，看起來好像故意慢慢晃。他在社區中心外頭停下腳步，研究著什麼釘在欄杆上的東西。後來我再轉身時，就一點也看不到他的蹤影了。

走得這麼快，我抵達學校時有點早了。我在大門邊晃了一下，可是我的朋友們都沒在平時我們會面的地點出現。最後，我在學校裡頭的庭園找到他們。

哈利正在跟其他人說些什麼，可是我一靠近，他就停下來不再說了。

「我還在想你們會在哪裡呢。」我走到他們旁邊。

林佛德往上看著我，然後又向下看著他的手機。

「昨晚的足球如何？」過了一會兒，我說。

一開始我不覺得有任何人會回答我，後來傑克說話了。

「很棒。」

我的皮膚上有什麼在爬，就像有什麼討厭的東西悄悄爬到我身上，我卻看不見。

「你的夜晚如何咧？」林佛德輕笑一聲說。「很享受跟你家的訪客一起待在家裡，對吧？」

「還好啦。」我說，想到訪客是誰的時候，感覺有點不舒服。

「你們有沒有聞到什麼味道？」哈利說，一面四處張望。「這裡什麼地方有東西爛掉的味道。」

傑克笑了，我有一會兒以為哈利在說我，可是這時候我到處張望，看見塞格穿過庭園。雖然我叫他在學校不要擋林佛德的路，他還是在這裡，又自找麻煩。

「你，移民仔，」林佛德喊著。「你什麼時候才要他媽的滾回家？」

那一瞬間我覺得塞格要走到我們這邊來。我的心臟怦怦跳，很難平靜下來思考。如果他告訴林佛德他待在我們的公寓，我要怎麼說？最好是否認？還是承認？林佛德不可能會相信我一直到昨天晚上都不曉得塞格要待在我們家的事。

可是塞格保持沉默，直接走過我們身邊。我閉上眼睛無聲的對他說了謝謝。

林佛德把口香糖像子彈那樣吐出來，打到塞格的手臂。他繼續走著，眼睛直直盯向前方。

「他有什麼毛病？」林佛德看著他，然後又回頭看我。「小柯，他應該要好好上一堂禮貌課，對吧？」

塞格把眼光瞥向我們，和我目光相接。

「別理他，」我說，向下看著我的腳。「他不值得我們浪費力氣。」

我再抬頭往上看的時候，林佛德瞇細了眼睛瞪著我。

放學後我看見我朋友們從大門邊走開。我改成小跑步，追上他們。

「怎麼了？」我說。

「我們要去梅波利丘新開的那家炸魚薯條店。」哈利回答。

「我跟你們一起去。」我及時跟上他們，正好看見林佛德和傑克彼此交換了一個眼神。

「可以，對吧？」我咬住臉頰內側，等著林佛德回答。

他聳聳肩。「你想的話。」

我不知道為什麼狀況感覺如此緊繃。過了幾分鐘，我們開始聊起足球賽的結果，還有曼聯在聯賽中的表現時，我鬆了一口氣。所有的一切似乎都回到正常，我開始納悶我和他們之間出現的這種不自在是不是出於自己的想像。

在炸魚薯條店我假裝自己不餓。我口袋裡的銅板就連買一小包薯條的錢都不夠。林佛德和傑克的托盤上都堆滿了肉派、薯條和肉汁，兩人坐在商店外的矮牆上。我在店裡和哈利一起等，看著店員把咖哩醬舀到一大盤薯條上。我流口水了。

哈利抓了兩根塑膠叉子，遞了一根給我。

「小柯，你得幫我；分量比我想像的多太多了。」

我們的眼神只交會了一秒鐘。我覺得他知道為什麼我沒有點任何東西。

「謝了，兄弟。」我喃喃自語的說。

我們坐在牆上，所有人都安靜了幾分鐘，努力扒著美味的熱食。

我們先聽見轟隆作響的低音喇叭聲，然後看見一台銀色的賓士車慢慢駛過，有色的玻璃搖了下來，不過距離不夠看出車裡有誰。

車子停在我們面前，前座的副駕駛座車窗完全降了下來。

「女士們，享受下午茶嗎？」一個聲音蓋過音響聲大喊。

我先看見一張鑲著金牙的嘴，然後出現一張瘦瘦的、長滿斑點的臉。

林佛德大笑，把他的托盤放在牆上，走到車子邊。他跟那個乘客互碰拳頭打招呼。

「你們這些男生長得可真快。」男人咧嘴微笑，轉向駕駛。「等你們準備好要跟我們混，就來找我們，知道嗎？如果你們肯幫我們做事，我們的酬勞很不錯。」

我猜得到他在說哪種事。

他一個接一個輪流看著我們。

「怎樣？」他把手圈在耳朵旁。

「好耶。」我們全都齊聲回應。

我不曉得他們靠什麼維生，可是我知道意思。謠言說，他們大部分人都吃過牢飯，而且就我自己看到的，他們整天都在這一區開車晃來晃去，跟人見面，在長長的握手後把錢塞進口袋裡。

「離那些沒前途的人遠一點。」爸在我講到酬勞的事情時這樣告訴我。「他們不是好人。每個都一樣。」

我把身體往前傾，試著想看清是誰在開車，可是有色的窗戶很快又升了上去，我動作不夠快。

那台車開走了，林佛德舉手示意，目送他們離開後，才又坐下來繼續吃東西。他發出一聲嘆息，聽起來像是鬆了一口氣。

我看著他把一些薯條放進嘴裡慢慢嚼著，用目光掃描面前的道路，好像要確認那台車是真的離開了。

如果我跟他不那麼熟的話，我會說他平時那些虛張聲勢全都拋棄了他。他完完全全變得蒼白又安靜。

我們在吃完東西後，又在牆上坐了超久的時間。我很高興。雖然沒有人講太多話，我也還不是很想回家。

我向側面望著林佛德。他正瞪著地板看，用鞋子使勁挖著小石頭和碎瀝青，彷彿它們哪裡對不起他。

我們從小學就認識了，可是我不知道我們之間的歡笑都到哪裡去了。好像它們全都滲到下水道去了。

哈利和傑克住在社區另一面，所以他們一起往回家的方向走了。

「想繞遠路回去嗎？」我對林佛德說。如果我們沿著社區邊緣走，就兩條街都可以經過。

「不了，我還要在商店那裡打一下電話。」他說，一面站了起來。「再見囉。」

我自己一個人在牆上坐了一下。新的炸魚薯條店因為大家下班後都打電話來訂點心而變得很忙。跟哈利分享食物讓我感覺更餓了。我在想家裡不曉得有沒有東西吃，後來我又想起塞格和他媽都在，所以胃口就變差了一點。

我站起身來，然後不知道哪來的念頭想到，如果我用跑的，說不定可以在林佛德到家前趕上他。我可以在其他人沒有聽到的時候跟他談一談——也許這是修正我們之間關係的好機會。

我們的友誼裡有什麼東西改變了，可是我不曉得是什麼。感覺像是站在舞台上往後看，發現有人什麼也沒說，就換掉了場景，而你再也弄不清到底你該扮演哪個角色。

如果我現在能跟林佛德談談，只有我們兩個，也許可以消除彼此的誤會。

可是我望著他離開的方向，卻根本看不到他了。他一定是趕著回家。等我走到林佛德家那條街時，我已經像老人一樣氣喘吁吁了。我不再跑步，走過轉角，他就在那裡，正準備走進他家的前門。

「林佛德！」

他轉過身來，看到面前的人是我，臉沉了下去。他推開大門，門板最底下破了，刮著水泥路面，發出乾咳般尖銳的聲音。

「怎麼了？」他不耐煩的大聲回應，從門邊移開一步。

「我只是想跟你談談。我──」

他們家前門突然打開時，林佛德甩過頭去。

一個肚子圓圓、臉頰紅潤的結實男人占滿了走道。

「你這個時間回來算什麼？你應該在六點前到家照顧你妹，你這個小矮子。」他跨到門外，用穿著襪子的腳踹向大門，大口喝著一罐拉格啤酒。「你該死的跑到哪兒去了？」

我已經有幾百年沒見過林佛德的繼父，現在我幾乎認不得他了。他胖了很多，頭看起來過度充氣，像是一顆紅氣球黏在全是肉的肩膀上。

「對──對不起，爸，我忘了，」林佛德結結巴巴的說，臉上完全沒有血色。「我們去吃點心了。」

林佛德回頭看了我一眼，我熱切的點點頭支持他。他對自己的手指又拉又轉，像是試著在脫掉一雙隱形手套。

「如果再讓我聽到那間該死的學校說什麼壞話，你就死定了，你聽見沒？上次你那個學校校長說我可能會被罰款，如果我真的被罰錢，我就會──」

「我沒有惹上麻煩，爸。」林佛德投過來一個警告的表情。

我知道他很尷尬，希望我離開，可是我的身體動不了。

「誰說你可以講話的，蛤？」他爸把林佛德潮紅的臉壓向自己，就像我在學校看到林佛德對其他人做的動作一樣。

林佛德沒有還手，他沒有鼓起胸膛，把身體撐高。相反的，他縮著身子，半閉眼睛，嘴唇緊緊抿成一條又細又緊的線，就像準備面對一個惡棍似的。

我的嘴巴閉不起來。林佛德的氣焰完全融化了。

「我——」他還沒說完這句話，林佛德的繼父就抓住他的衣領，直直瞪著他的眼睛。

我等著林佛德抽開身子掙脫。我等著他握緊拳頭，緊到指關節都發白，就像他在學校抓狂的樣子。可是那些狀況都沒發生。

我認識的林佛德消失了，他的位置只剩下一個瑟縮的蒼白男孩。

「給我進去。」他繼父咆哮著。「現在。」

我想說些什麼讓林佛德甩開麻煩。我想跑掉，回到我們的公寓去。就算塞格和他媽在，我也不在乎。至少我在家裡感覺很安全。

可是我的腳生了根，望著林佛德怯懦的跟著他繼父進到屋裡去，像隻迷路的小綿羊。

他最後一刻轉身看著我，我瞥見了那個從小學時代就跟我是好朋友的男孩。

★

外景．聖安小學遊樂場——白天

兩個男孩一起在球場上踢著足球。

男孩一

我長大後要幫曼聯踢球。

男孩二

〈敷衍了事的追著球〉

那只是一個愚笨的夢想。

男孩一

你以前不是也說你要幫他們踢球？

男孩二

把腳放在球上停球。他往後靠著磚牆，閉上眼睛。

男孩一
怎麼了，兄弟？
男孩二
媽要嫁給馬丁。她昨晚告訴我了。
男孩一
你不是喜歡馬丁嗎？
男孩二
〈猶豫的〉
是呀，可是媽說我得叫他「爸」。
男孩一
可是他不是你爸呀。
男孩二

〈嘆氣〉
我知道。可是媽說我的親生爸爸就跟死了差不多，所以現在馬丁是我的新爸爸了。

他不理球，身體靠在牆壁上，看起來心情低落。

男孩一
你的親生爸爸是誰呢？

男孩二
〈安靜的，眼裡閃爍著光芒〉
我不曉得。我從來沒見過他。

幕落。

14

我回到家的時候，公寓空空蕩蕩。

我在冰箱裡發現一大盤切好的三明治，上面包著保鮮膜。我往嘴裡塞了一個，又在一個盤子裡放了另外幾個。櫃子裡有一大袋各種口味的洋芋片，我選了一包洋蔥起司口味的。我感覺自己像過聖誕的小孩。我倒了一杯果汁，把食物直接拿到房間裡。狼吞虎嚥的吃掉這些東西以後，我在黑暗的房間裡躺了一下。我不想看到陽光和夏日；在林佛德家外面發生那樣的事情以後，它們讓人感覺非常不協調。

我記得幾年前，林佛德的繼父工作上得到分紅，帶我們四個人一起去考維克開卡丁車。所有東西都是他買單，後來我們還一起去吃漢堡。

那一天我們每個人都好開心，一直笑個不停。

幾個月後，林佛德才不經意似的提到他繼父丟了工作。直到今天為止，那是我最後一次聽見他的消息，可是從今天見到的情況看來，林佛德每天晚上回家都得日復一日的忍受他的情緒。

我閉上眼睛深深吸氣，再緩緩吐氣。通常我一到家都會直接先打開電視，可是就這麼一次，我不在意寂靜了。我從來沒花過那麼多時間待在我房裡，因為爸常不在家，我房間也不過是一個睡覺的地方。

現在塞格在這裡，我沒有可以做自己的空間了——就連在我自己的房間裡也沒辦法。每次我想要移動，就得跨過他所有的東西。我一直故意走來走去，這樣我就會被這些東西絆倒，然後就有理由生氣。他把他的衣服摺成整整齊齊的兩堆，緊鄰著小金字塔形狀的襪子和內衣褲。我踢掉其中一堆衣服。

這樣可以讓我的精神燃燒，感覺比我對這個狀況完全無能為力要好一點。

我用力閉緊眼睛嗅聞周圍的氣味。從他到這個家來以後，空氣裡有一種不同的味道。不是不好聞或是怎樣，只是不一樣——可是我不喜歡。真好笑，我從來不曉得我和爸有自己的味道，直到這裡出現另一個新的人。我猜我光靠他從建築工地工作回家後滲入屋裡的紅磚灰和水泥氣味，就能從一段距離以外認出爸了。

過了一會兒以後，我從床上起身，打開電燈。我在被地板上什麼東西絆倒的時候出聲咒罵——塞格把我讓他使用的架子上的那堆書和雜誌全部丟到地上。

我轉過身去，看見一座帝國大廈的模型驕傲的坐在架子上。在我房間裡。模型並不是那麼大，可是不知怎麼卻占滿了房間。它看起來相當雄偉，彷彿原本就有專屬於自己的一席之地。

我走到旁邊，讓手指拂過模型底座刻印的字母。模型的細節相當考究。窗戶很神氣的兀自挺立著，在我的指尖下又感覺十分滑順，一點兒也不像是由老舊的厚紙板摺出來，再畫上密密麻麻的黑線。

我幾乎可以想像大廈裡的人們在收票旋轉門邊鬧烘烘的模樣。觀光客和學生們迫不及待想爬到最高樓去眺望紐約市的風景。爸爸媽媽和他們的小孩，或是夫妻和獨自前往那裡的人們。慶生的人和慶祝特殊紀念日的人們全都想在頂樓拍那張令人不解的快照，這樣他們就可以當成臉書大頭貼照，或是在回家時拿給家人和朋友看。

那張照片說：我在那裡唷。我去過帝國大廈，看過紐約市。我也那樣做過。

真希望我有那張照片。我納悶了一下自己以後會不會有機會去那裡，可是這裡沒有半個人去過那個地方，這就像是另一個愚蠢的夢。

「總共有兩百三十四樓。」塞格的聲音從走廊飄進房裡。「帝國大廈是在一九三〇年建造的。」

來自波蘭一個簡陋的小鎮，他怎麼會知道這麼多事情？我從模型旁轉身回來，拿起我的筆和筆記簿。我已經開始為我的劇本記下一些主意，可是它們還不連貫。

「這是按照比例打造的，是真實建築物的複製品。」他說，繞過他的床走到模型旁。他把手指輕輕放在建築物前緣，彎下膝蓋。他的眼睛檢視建築的寬度，確認所有的部分都依舊平整。

「我沒有移動它喔——如果你是擔心這件事的話。」我無精打采的坐回床上。

「我一點也不擔心。」他說。「不過我很高興你喜歡它。」

我甚至沒說我喜歡那個模型。我無意識的翻著我的筆記簿，希望他會離開房間，去坐在客廳還是哪裡都好，把他的笨模型也帶走。

「柯倫，你喜歡它嗎？」

「還可以啦。」我聳聳肩。「如果你喜歡那類東西的話。」

他坐在我的床尾。我把腿伸直，直到我的腳頂到他為止。

「如果你想要的話，我可以讓你看看我是怎麼組裝那棟建築物的。」

我沒有回答他。他真是不懂別人的暗示。

「柯倫，我們現在共享一個房間了。我們可以試著做朋友。」他嘆了一口氣說。「也許我甚至可以原諒你在學校那麼笨蛋的行為。你說呢？」

「我說你為什麼不坐在你自己的床上咧，就當作一個開始。」我蓋上筆記簿，瞪著他看。他到底他媽的以為自己是誰呀？強行進入我的生活、我家、我房間。「你為什麼不自己找事情做？」

他翻了一個白眼，爬回自己吱吱作響的露營床。

「我們也可以聊一下就好——如果你比較喜歡那樣的話。」他繼續自顧自的說。「也許你會想告訴我，為什麼你會認為只有你和你朋友們在學校可以開開心心？」

開心！他甚至比看起來還笨。

「如果你不打算移動的話，那我動。」我從床上滑下來，擠過他身邊。「別擋我的路就好。」我離開房間時甩上門。

後來，塞格和安琪在看電視時，我在廚房裡攔住爸。

「他們要在這兒待多久？」我小聲又不高興的說。

「你不喜歡他們嗎？」他的臉沉了下來。「你和塞格好像處得很好呀。」

「你早就應該告訴我他們要來的事。」我咬住嘴唇說。「他們就這樣出現真的很嚇人。」

「抱歉，兒子。」爸放下茶罐，把手放在我肩膀上。「我沒有處理得很好，對吧？可是我從來沒想到會遇上誰，也沒想過事情會變化得這麼快。可是你知道，有時候生命會拋給你一個機會，你不能就這樣錯過。」

「可是你幾乎還不太認識安琪耶，爸。」我不想讓他感覺太糟，但這些話還是需要有人說出來。「我是說，你又沒有足夠的時間好好了解她，有嗎？」

「兒子，我知道你在講什麼，而且我知道這聽起來很瘋狂，可是等你到我這個年紀，就已經很會看人了，而我們從第一次在大學相遇那天開始，已經花了很多時間談話，還有認識彼此。」

他說得對，這聽起來很瘋狂。

「與其困在爛透了的B&B，問他們想不想搬進來對我們的狀況來說是很恰當的。對我和安琪來說，一起分擔生活費讓我們倆都鬆了一口氣。而且我覺得你也會喜歡有個同年紀的朋友在身邊。」

「你認為我會喜歡把半個房間讓給一個完完全全的陌生人？塞格態度很差，只是你沒看到而已。」

我不想傷害爸，可是我感覺充滿壓力。

爸把一隻手拂過自己的頭髮。

「我以為這樣你會有伴，」他喃喃自語。「我是說，我不在家的時候。而且結果你們在學校早就認識了，所以塞格不算完全陌生的人，對吧？」

現在我的頭感覺快要爆炸了。

「你不能隨便帶人進來取代你的位置，」我回嘴。「你是那個應該在家的人。不是他們。」

我的暴怒讓爸睜大了眼睛，這時門開了，安琪走了進來。

「所以，你們兩個男生在這裡幹嘛？」她笑了，攬住爸的腰，把臉埋進他胸膛裡。噁。

「我們只是在說有你們倆在這裡有多好。」爸露出傻笑。「對吧，柯倫？」

我沒辦法昧著良心說謊，所以我就打開櫥櫃，拿出餅乾桶。

「柯倫，我知道要調適是很困難。」她走過來輕輕碰了一下我的手臂。「改變從來都不容易。塞格和我，我們的生命也產生了非常大的變化。」

我應該走開的，可是我僵住了，手指伸進卡士達奶油裡。

「我們想家。」她很小聲的說，眼睛遁入很遙遠的地方。

「那你們為什麼不回去？」這些話在我能收回前就吐出口了。

「柯倫！」爸拋給我一個警告的眼神。

「這樣不是沒禮貌。」我說，不過其實我是。我不在乎。

就像林佛德說的一樣，他們才是跑到這個國家來的人。沒人強迫他們，對吧？安琪一定早就計畫要遇到某個像爸這麼好騙的人。

我不去看爸皺眉的表情，一面動著手指頭，一面感覺手指摩擦到乾乾的餅乾屑。

「我的意思只是如果你那麼想家，你永遠可以回家。」我說。

安琪露出微笑，對爸搖搖頭制止他。

「彼特，這個問題很公平。」她回看我。「柯倫，對塞格和我來說，波蘭的生活很辛苦。事實上，情況變得非常危急。諾丁漢的特倫特大學提供我教職的時候，正好是我們重新開始的完美機會。」

提供教職？我還以為她黏住爸是因為她的清潔工作收入很低。我把手從餅乾罐裡抽出來，拍掉餅乾屑。

「我想，在這麼短的時間內搬進來，對我們所有人都很震驚。」

爸從來沒說過他們要搬進來。昨天他還說他們只是待幾個晚上而已。「我以為你說大學正在幫你準備住的地方？」我說。如果她真的是老師，他們一定很樂意幫她安排住處，因為她是從國外來的？

「對，他們在我Skype的面談時的確是這樣說的，」安琪告訴我。「可是教職員宿舍整修的進度落後了，所以我們必須等得比想像中更久。」

這個解釋還真夠方便呀。

「你們在這裡沒有其他親戚嗎？」我問，她的眼睛瞟向塞格。他看著他的腳。

「沒有，沒有，我們沒有。」安琪很快回答。

這個地方有點怪怪的。有什麼事不對勁。可是我沒辦法指出是什麼，除了他們兩人的態度似乎都有點不定以外。

我瞥向爸，看見他皺著眉頭，所以我就什麼話也沒再說了。

我不想到客廳加入他們，扮演快樂家庭什麼的，所以就進到自己房間，躺在床上盯著天花板看。

有些地方的白漆已經變薄了，看得見底下老舊的一片片髒髒的奶油色痕跡。就跟這間公寓大部分的東西一樣，需要整修更新。

不曉得林佛德是不是也待在自己房間裡，避開他繼父。就算塞格不在這裡，我也不希望我任何一個朋友看到我任何一丁點的房間。

我望向大概四、五年前開始因為長大而不再那麼喜歡的《玩具總動員3》檯燈。我還記得爸帶我到度假屋電影院去看電影的事，後來我們還去吃漢堡。

他那時候沒有那麼常離家工作。

他現在太忙了，忙到沒時間去擔心換檯燈和重新粉刷之類的事——當然，除了他自己的房間以外。他永遠都太忙，忙到沒時間去看電影，雖然現在安琪和塞格在這裡，他好像比從前喜歡待在家多了。

我不曉得為什麼我一直想些好像無關緊要的事。我有九十九個問題，不過我的檯燈並不是當中一個。可是有一個大問題需要立刻解決。

我得想出該怎麼對我朋友們宣布這個壞消息。我要怎麼告訴他們塞格和他媽剛剛搬進我們公寓，看起來卻不要像是早就知道這件事了？

這件事感覺起來好像是我故意不讓他們知道，可是在爸說我們有訪客要來的時候，我真的一點也沒想到爸說的是誰。也許如果我能從頭解釋起，林佛德就會了解我對整件事根本一點也無法干預。他應該很了解不得不忍受爸媽的爛攤子是怎麼一回事才對。我可以解釋說，在這麼多年以後，爸是怎樣突然就宣布他遇見了某人，還有我以為她要帶一條狗來，結果那條狗卻變成了塞格．祖拉柯維斯基。

我猜就算是我，也不會相信這番話，雖然它就是事實。

我連五分鐘的安寧也沒有，房門就開了，塞格憂鬱的臉出現了。

「柯倫，你在這裡幹嘛？」

「是誰想知道？」

塞格的嘴巴徘徊在笑容邊緣，就像他正試著決定我是不是在跟他開玩笑。
「我這樣問是因為我想知道為什麼你選擇一個人自己待在這裡。」他說。
「這個嘛，上次我查看時，這裡還是我的房間。」我專心看著天花板上的一面蜘蛛網。
「我不需要理由解釋自己為什麼待在這裡，也不必向你解釋我的事情。」
「我是來看看你想不想跟我們一起在沙龍看電視？」
「沙龍？我不需要剪頭髮，謝了。」
「我的意思是客廳，你爸爸是這樣稱呼它的。『沙龍』是波蘭用語，意思是全家人一起坐下來相處的房間。」
「是喔，不過你現在不在波蘭，對吧？」我拿起一本雜誌。「還真可惜。」
「為什麼你心裡有這樣的仇恨？」
「我不曉得你在說些什麼。」
「你和你朋友們，你們討厭任何不一樣的人。那是事實。」
「你為什麼不去看電視就好？」我假裝看雜誌。「我不想聽你講大道理，謝了。」
「我在試著了解。」他皺起眉頭。「了解你們為什麼表現出那些行為。」
「省省吧，」我怒吼。「等英國退出歐盟[1]，對你也不會有多少差別，因為你早就已經離

1 英國於二〇二〇年一月三十一日退出歐盟。

開這個國家了。」

他坐在他床上，面對著我。

「別再瞪著我看。」我回瞪他。

「這是個自由的國家。」他露出微笑。「我想看哪就看哪。不需要你同意。」

我把腳往前踢，故意沒踢中。他連眼睛都沒眨一下。

「在學校可沒這麼勇敢嘛，對吧？」我嘲笑他。

「你還不是一樣。」他回踢我，我縮到左邊，他才沒踢中。「你朋友不在旁邊，你就沒那麼勇敢了嘛。」

我很想踹他一腳，而且這次我會確實踢中他，可是他眼裡有什麼東西阻止了我。什麼危險又大膽的東西……我在學校沒見過的那一面。

「我要你離開我房間。」我說。

「我沒辦法，因為我還有更多建築物要組裝。」他說，彷彿有人付錢給他，要他好好組裝他的笨紙板模型似的。

「更多建築物？」我瞪著他看。「你以為自己要把它們放在哪裡？你已經把我房間塞滿你的爛東西了。」

「我只會組裝我最愛的那些，」他繼續說道，一點也沒有受到影響。「它們應該跟我的架子很合。」

他剛剛是說他的架子嗎？

我就是看不出花時間做那些笨玩具建築有什麼意義。他在波蘭的時候顯然有他媽到處跑來跑去護著他，他只要像個大小孩那樣坐著組合紙板模型就好，不必擔心電力儲值卡的電力夠不夠，或是食物夠不夠撐到週末。歡迎來到我的世界。

「你看，底座很小，占的空間也小，因為高度的部分才需要大部分的空間。」

「是唷，我猜那就是為什麼他們稱這種建築為摩天大樓。」我說，一面翻著白眼。

塞格沒有回答；他站起來走到帝國大廈旁邊。

「高度不是組裝過程中最重要的事。」他把一根手指沿地基一路順著模型拂過，一直延伸到模型的尖端。

「可是那是最棒的地方，」我說。「高度是組裝摩天大樓的重點，才能創造出令人印象深刻的城市天際線。」

我想起我手機上碎片大廈的照片，它的鏡面角度是怎樣切分了天空。如此美麗，又不可思議的高聳。

春天那個學期，學校辦了到倫敦遊覽的八年級校外教學活動。爸簽了同意書，可是忘記留下費用，而且他整個禮拜都在外地工作。

博恩斯老師說如果我第二天可以把費用帶來，就可以保留我的名額，可是最後我假裝自己根本就不想去。我沒辦法跟她說我整個禮拜都自己一個人在家，要到週六才會見到爸。

「是的，柯倫，可是它的高度是最脆弱的東西，很多狀況都會讓高樓倒塌，比如地震呀，就連風也會。」塞格用腳拍打著地板。「最厲害的東西往往是用眼睛看不見的。」

「地基。」我打著呵欠，希望他趕快走開。可惜沒這麼好運。

「正確。真正的建築物地基可以從底座向下延伸五十五英尺深。很厲害，對吧？」

我不理他，可是，一如往常，根本沒差。

「如果沒有扎實的地基，任何結構都很弱，不管它的外表看起來有多強或多了不起都一樣。」

我想到我劇本比賽的點子。主題是「我想去的地方」，我在想……如果那個地方是一棟可以一路帶你抵達天空的建築咧。天空是一個你可以去的地方嗎？

我從來沒到過任何真的很高的地方，遠離這棟建築、這個住宅區，和學校發生的事情的地方。我可以開始為了自己的娛樂寫作呀，我甚至不必交出去被人嘲笑。

這個故事現在還很弱，可是說不定，只是說不定啦，如果我好好想想故事能怎麼發展，這個故事的地基會變得愈來愈強壯。目前我會先保守這個祕密。

塞格還在講他有的沒的。真不敢相信我正坐在這裡聽他講話。一副他什麼都懂的樣子。

我起身離開床，走出房間外。所有關於那個傻比賽的想法都不見了，它們突然被一個真正的擔憂趕跑。

我還是不知道該怎麼對林佛德解釋這所有的一切。

15

「我只是出去晃晃。」我喊道，在爸能開口叫我幫他從店裡帶什麼東西回來以前就關上門。

我只是需要伸伸腿，呼吸一些新鮮空氣。我感覺自己在那間公寓裡動不了了，有塞格和他媽在，不管我看向哪裡都一樣。

我往運河底下走。

發動機運動場外聚集了一大堆女生。她們全都黏著手機，分享照片、興奮的用很低的聲音說話，不曉得今晚是哪個男子樂團演出。

我走過ＢＢＣ廣播電台位於倫敦路上的諾丁漢大樓。裡頭可能有哪個名人正準備接受節目主持人的訪問，告訴聽眾他們美妙生活的種種。

我現在已經很接近運河河灣的入口處了。

這條繁忙道路上的車輛川流不息的經過我身邊，這條路會通往特倫特橋、經過火車站還有不少高樓旅館。住家建築與辦公室在人行道邊緣像水泥士兵一樣排著隊，我試著不要太用力呼吸，因為空氣裡積滿了廢氣。

路的這一側是河水、騎腳踏車的人，還有慢跑的人。河上有鴨子，我甚至看到幾隻天鵝安詳的從我身邊滑走。

我急轉向左，走下很陡的階梯，到達運河另一側。嘈雜的交通聲在這裡變弱了，我一面走著，看著水上油膩膩的黑色波濤，混亂的思緒也消減了一些。

再快走五分鐘後，窈窕淑女就進入眼簾。我第一次看見時，覺得俗氣的帶著亮光的原色此刻在我愈走愈近時，照亮了我的心情。船後的燒柴爐煙囪升起一陣輕煙，一盆一盆的天竺葵和帶葉盆栽在微風中微微顫動，好像感覺到我的存在。

我原本希望有人會在外面的甲板上，可是根本沒有半個蹤影；船看起來上鎖了。我沿著船走，蹲下來從窗戶往內看。透過蕾絲和窗簾，很難看見船裡。

突然，史派克微笑的臉從船裡出現。他敲敲玻璃對我揮手。幾秒鐘後，船尾兩扇木製小門打開了，阿米麗雅跳到甲板上。

「柯倫！快進來。」

我起初說我其實沒有時間，只是路過而已，可是敞開的門讓這艘船看起來好舒服，而且阿米麗雅一定會很失望。再加上我還不想回公寓。所以我登上船。

珊蒂正站在船裡的烹調區。

「你到的時間太完美了，柯倫。」她微笑的說。「我正在煮熱巧克力，要不要喝一杯？」

「聽起來真棒，謝謝。」我說。

「柯倫，坐下來嘛。」阿米麗雅說，我們經過珊蒂身邊，移到船尾，坐在比較溫暖的地方。

史派克停止剛剛在靠墊上跳來跳去的動作，坐在我旁邊。

「你看，柯倫，我畫了蜘蛛人。」

他讓我看他的畫板。他用鉛筆畫了蜘蛛人，畫得真的不錯。

「史派克，真是太棒了。」我說。「真希望我也會畫畫。」

「你的嗜好是什麼呢？」他問。

「不知耶，寫作吧。」我說，發現我是真心這樣回答時，連自己都嚇了一跳。「我正在寫一個劇本，也許會送去參加比賽。」

我說得有點誇大，因為我其實還沒開始寫。可是所有的電影都是從一個主意開始發展出來的，而我正在頭腦裡醞釀一個。

「喔喔，抓到你囉！」阿米麗雅調侃我。

「但我不曉得啦。」我很快的接話。「我還沒決定。我不知道我的主意夠不夠好。」

「你應該要參加。」阿米麗雅輕輕推了我一下。「等你有名以後，記得謝謝我唷。」

「嗯，好啊。」我暗笑。

史派克抬頭看著我，臉上綻放了一朵很大的笑容。

「我知道了！我可以教你畫畫唷，如果你想要的話？我爸很會畫圖。」

「太棒了。」我說。「我很想呢。」

阿米麗雅越過我看著史派克的頭，露出了微笑。不過這次不是她那種淘氣的笑，其實她看起來有點傷心。不曉得她爸在哪裡，可是我沒開口問。

我環顧四周，看著史派克翻閱他的畫冊，阿米麗雅在柴爐前溫暖她的腳趾，再更遠一點的地方，珊蒂正將一罐熱牛奶倒進分量驚人的泡沫中。

我才剛剛遇見這些人，可是我覺得自己受到他們歡迎，感覺十分放鬆，就像我是這個家的一分子。比跟那兩個寄居者困在一間公寓裡好太多了。

珊蒂把我們的飲料帶過來，我們互相作伴，安靜的坐了好幾分鐘。

「你怎麼會這個時間到運河邊來？」阿米麗雅過了一會兒說。她嘴邊有一圈淡淡的巧克力牛奶痕跡。「都快八點了。我從來沒看過你晚上到這附近來。」

我聳聳肩。「只是想離開公寓。」

「為什麼？」史派克問。「你不喜歡你們的公寓嗎？」

「不是真的很喜歡耶，」我誠實的回答。「空間很小，又卡在一個政府補助的住宅區裡。」

「窈窕淑女也很小，」史派克說。「可是我們還是很喜歡住在裡頭，對吧，媽？」

「我們的確是。」珊蒂微笑了。「但每個人都不同，史派克。每個人喜歡不同的東西；每個人不可能完全一樣。」

「為什麼不？」史派克皺起眉頭。

「這個嘛，因為如果我們全部都一樣，這個世界就會變得很無聊，對吧？」

「大概吧。」史派克聳聳肩。「柯倫，你可以來跟我們一起住在窈窕淑女上。」
「對耶，好主意。」阿米麗雅笑了。「就這樣辦吧。」
「這樣柯倫的家人會有意見吧。」珊蒂對我眨眨眼睛。
大家安靜了一會兒。我知道他們全都看著我，期待我說些什麼。
「我其實不是那麼介意我們的公寓，是待在裡頭的人讓我逃走的。我都爬到牆上了，完全困住了。」
「是蜘蛛人嗎？」史派克睜大了眼睛。
「不是耶，蜘蛛人我還可以應付，史派克。」我皺皺鼻子。「爸讓他的新女友和她兒子搬進來。我得和他共享房間。」
我等著他們厭惡的倒抽一口氣，說他們了解這件事對我有多糟。
「我們在這裡也要分享空間呀。」阿米麗雅聳聳肩。「你只要習慣就好，永遠還有空間再多容納一個人。」
「你不喜歡他嗎，這個男生？」珊蒂問。
「他是波蘭人。」
他們全都面無表情的回看我。
「什麼是波蘭人？」史派克說。
「從一個名叫波蘭的國家來的人，」珊蒂告訴他。「在歐洲。」

「那他為什麼在這裡，而不是在波蘭？」史派克問。

「你說的完全正確，史派克。」我說。「他為什麼要住在諾丁漢這裡，在我們公寓裡，分享我的房間？大概是他們住在那裡太危險了。」

我翻了白眼，等著他們告訴我這件事太慘了，他們完全了解對我來說有多麼困難。

可是周遭只有一片寂靜。

我感覺胸膛重重的，突然擔心他們會不會覺得我很壞。

「我只是不想跟一個陌生人分享房間，」我對阿米麗雅說，試著讓她站在我這邊。「我們的公寓很小——就連我和爸的空間都已經不夠了。」

三雙眼睛從我身上移到窈窕淑女室內狹窄擁擠的空間。這艘小船的空間比我們公寓還小多了。

透過窗戶，我看得見外面的光線稍微變暗了。船變成薔薇色，熱火爐和一盞小燈讓它閃耀著光芒。我離開公寓時冰冷疼痛的感覺已經消失了。我想了一下塞格和他媽媽來跟我們一起住，是不是也有這種感覺。我想起今晚我只是突然在這裡出現，就被邀請進來，感覺賓至如歸。自從他們停泊在運河上以來，又是怎樣和我分享他們的食物、飲料和空間。

我需要別的東西——能讓他們感受到這件事有多不公平的什麼東西。

「每個人應該住在自己家，待在自己的地方。」我補充說明。「為什麼人會有權利住在別人家的土地上？」

「你也很氣我們到諾丁漢這裡來住嗎？」史派克問我，雙眼睜得很大。
「當然不會！」我笑了。「這不一樣。我是說——你們……反正就是不一樣。」
「有時候人們到這裡來，帶來本地很需要的技術，對經濟有貢獻。」珊蒂很溫柔的說。
「這樣不是會讓這裡成為一個對所有人來說都更好的地方嗎？」
「可是在這裡出生的人沒有足夠的工作，」我說，高興自己還記得林佛德總是掛在嘴邊的話。「他們不能說來就來，拿走我們擁有的東西。人不能只憑自己高興，想住哪就住哪。」
「柯倫，我之前不覺得你是這樣的窩囊廢。」阿米麗雅在她座位上，身體變得僵硬。「可是你現在說的話就跟窩囊廢沒有兩樣。」
他們全都瞪著我看，好像我剛剛長出另外一個頭。我編了藉口，謝謝珊蒂的熱巧克力，就離開了。
回家的路上我想著窈窕淑女上的生活。如果珊蒂邀請我去跟他們一起住，搬到下一個他們要住的地方，會是什麼感覺。不必再忍受塞格和他媽，身邊不必永遠擠滿人。只有家人。我想著到處遷徙的人們，他們尋找新家，拜訪新的地方。就像塞格和他媽媽在做的事情一樣，我想是。
不曉得為什麼我會對祖拉柯維斯基家的人有不同的想法。就像存在某條沒有明講的規定，說我們才有權利住在我們想住的地方，他們卻沒有。就連我都不得不承認那種想法聽起來很蠢。

★

外景．在窈窕淑女船上——白天

一艘運河船停泊在紐沃克運河上。看起來像是官員的男人靠近船。男孩、女孩和小男孩從敞開的窗戶往外看。珊蒂從甲板跳下去跟男人談話。不久她就激動的做著許多手勢，他們都抬高了聲音。

男人

我告訴你了，你們不能留在這裡。

女人

〈很挫折的〉

可是為什麼？我們傷害了什麼人？我們待在這裡的期間，我在船上找到維修工作。我們沒有要求官方任何事。

男人

女士，規則不是我定的；我只負責執行。如果我們讓所有人都住在河上會怎麼樣呢，啊？沒人有辦法動了。

女人

可是不是所有人都想住在河上。運河有好幾百英里——每個人都有很多空間。

男人

我跟你說了，規則不是我定的。你們得離開是因為你們的許可已經過期了。

女人

〈皺著眉頭〉

你們是從什麼時候開始擁有河水的？

男人

〈自大的語氣〉

我們有需要劃定的界線、需要維護的法律。運河在我們的土地上；它們隸屬於市政府。你們不能住在這裡。你們得回到你們之前待的地方。

女人

〈懇求〉

我們沒有固定的居住地。我們到處旅行，在不同的地方居住和生活。

男人

我很抱歉，可是你們不能待在這裡。你們必須離開，到其他地方去。

女人

你建議我們去哪裡？

男人

〈輕蔑的說〉

女士，那個，不是我的問題。

落幕。

16

我睡得比之前好一點，主要是因為塞格沒有在晚上大喊他那些怪字。今天早上他也比之前晚起了一點。

我在頭腦裡不斷重播昨天和阿米麗雅還有她家人的談話。這件事讓我很困擾。我說的那些人應該待在自己土地上的話……我希望他們不要覺得我是在說他們，因為我喜歡他們待在這裡——他們為運河帶來新的、令人興奮的東西。而且我覺得他們應該能住在自己喜歡的地方，不要被那些傻瓜規則和法條綁住。

塞格的臉跳進我腦海中。他和安琪到這裡來住，到底有什麼差別？我不是說在我們的公寓裡；我說的這裡是我們的國家。

感覺好像他們光是在這裡就奪走了我們什麼東西，不過我知道那樣其實根本沒有道理。林佛德說的那些關於外國人的話，還有我在商店外的報紙上看到的頭條新聞……它們全都在我的腦海裡轉呀轉，真的很難略過它們，決定我到底怎麼想。想這些事情實在是太難又太不舒服了，所以我再次推開這些念頭。

我昨天應該要閉嘴的，而不是把我想的一股腦兒告訴阿米麗雅、珊蒂和史派克。我試著換話題，可是他們在我講了那件事後似乎都變得有點安靜。我找藉口離開是對的。

狼吞虎嚥的吃下一碗穀片後，塞格還在洗手間時，我抓了背包就出門了。等我到學校大門時，沒有任何人在我們平常會合的地點。又來了。

我在中庭發現他們。我加入大夥兒。除了一些抱怨以外，沒人真的說了什麼。我的眼皮開始跳。傑克和哈利瞪著地板，好像新的人行道鋪面有什麼吸引人的地方。他們把手塞進長褲口袋，腳好像不知道該擺在哪裡。

林佛德，跟往常一樣，黏在手機上。

「林佛德，還好嗎？」我說。

「對，酷唷。」

他往上瞥了我一眼，又很快就向下看，可是這樣的時間已經夠我注意到了。他整個眼球周圍都是深栗子色的腫塊，甚至蓋到眼皮了。

我瞟了哈利一眼，他承接了我質疑的表情一秒鐘，輕輕聳了一下肩膀，就又把眼光別開。我幾乎聽得到他發出噓聲說，別問發生了什麼事。

「發生了什麼事？」我問林佛德。

他沒抬頭看，也沒講話。沉默似乎膨脹了，直到把我們三個人都包在一個看不見的泡泡裡，無法掙脫。

「發生了什麼事？」

林佛德沒回答我，甚至好像沒聽見我又問了同樣的問題一次。我看看傑克和哈利，可是他們不肯看我，甚至還把手埋進口袋更深的地方。

沒人說話，這樣似乎讓情況變得更糟。

我看得出林佛德並不是真的在看他的手機。他只是往下瞪著手機，手指一動也不動的蓋在螢幕上。唯一在動的東西只有他下巴上持續展現的肌肉。

「看起來很痛，」我說，一面望向傑克和哈利。他們還是不看我，不過哈利的臉看起來紅得不得了。

我感覺得到隱形的沉默泡泡愈來愈近，直到它突然破了。

「你為什麼不管好自己的事就好？」

林佛德沒有大吼或暴怒；他的聲音平靜又小聲，可是這樣似乎讓情況更糟。我用力吞口水，掙扎著想讓自己的聲音聽起來沒有情緒。我覺得眼皮又開始跳了。

「我只是——我只是想知道事情是不是……」

我想起昨晚在他家前門他最後給我的那個警告的表情，我知道我不能告訴其他人昨天的事，或是在他們眼前發生的事。

「我在家跌下樓梯了，可以嗎？」林佛德把手機丟進口袋裡，握起拳頭。「現在給我閉上你的嘴，我不想再聽這件事了。」

他起身大搖大擺的離開，傑克和哈利跟在他身後，像兩條被鞭打過的小狗。

我看著他們走開，又在原地站了幾秒鐘，試著釐清為什麼剛才林佛德說的話讓我感覺這麼奇怪。

我揉揉眼睛，想讓抽動停下來，這時候我想到了。

林佛德和他媽媽、妹妹還有繼父住在一樓的公寓。他們家沒有樓梯讓他摔下來。

下課時間，我們沒去點心吧。大家又沉默的站在中庭，林佛德瞪著手機，我們其他人看著地板。

一條簡訊進來發出「嗶」的一聲，林佛德在讀訊息時用手擋住。他回信給傳訊息的人，然後把手機放回口袋裡。

「我放學以後不會出來。」他往下看，沒有特別對誰講這句話。「我有些工作得做。」

「哪種工作？」我問他。

「雜七雜八的事。」他聳聳肩。「酬勞很好，我只在乎那個。」

空氣沉重又溫暖，所以我鬆開領帶，拉了拉襯衫的領子，不過似乎沒有任何東西能減輕這種黏答答的感覺。

我們早上都在上不同的課，所以我沒有機會問傑克或哈利他們覺得林佛德瘀青的眼睛到底是怎麼回事，我又不想傳訊息給他們，以免林佛德看到我的訊息。我甚至沒辦法給他們一個理解的眼神，因為他們兩個人都不會看我。鐘聲似乎過了一輩子才響，鐘聲響了以後，我們又分頭去上第二節課，最後，我終於感覺心裡變輕了一點點。

一到午餐時間，我直接到科技大樓去，可是沒人在那裡等待。不曉得我的朋友們是不是直接帶林佛德到校護那裡去檢查眼睛了，我閃到行政大樓，可是護士門上掛著牌子，說她出去吃午餐了。

等我到餐廳的時候，他們全都在前排的隊伍裡排隊，開始選擇他們要吃什麼。我抓了一個托盤，把托盤推到一個七年級男生前面，所以我就排在哈利後頭。

「謝謝你等我。」我發出噓聲說。

「抱歉，哥兒們，不是我決定的。」他緊閉嘴唇表示歉意，把托盤往前推，因為隊伍一直往前移動。

我看了一下隊伍後面林佛德皺著眉頭的臉。我不曉得事情是什麼時候開始改變，或他到底為什麼對我這麼生氣。在我看到他家外面發生的事情後，我知道他在家的狀況並不順利，可是那又不是我的錯。也許我可以試著在下午的課開始以前，跟他本人講一下話。

我一點也不覺得餓，可是還是從櫃台上擺的東西裡選了鮪魚沙拉長棍麵包和優格。我的胃感覺很脹，就像已經塞進太多食物。

通常我們都是在午餐時間快結束時才匆匆忙忙吃完午餐，因為我們忙著聊天講話還有亂玩，而不是在吃東西。可是今天我看了看我們那桌，只看見三個人的頭頂，每個人都安安靜靜的低頭扒著自己的食物。

到戶外時，我們坐在中庭邊的矮牆上。我脫掉外套，看著其他人。「有人待會兒想去球場踢球嗎？」

「我還以為你最近忙到沒時間跟我們踢球咧。」林佛德嗤之以鼻的說，一面在地板上敲著鞋後跟。

「別傻了。」我笑了，可是這句話卡在我喉嚨裡，出來時像是咳嗽聲。「前幾天晚上你們問我的時候，有人要來我們家，就只是因為這樣而已。」

想到這些訪客的身分時，我的手掌心立刻汗溼了。

「也許你是試著要告訴我們什麼，小柯，就像你不想再跟我們做朋友了什麼的。」

「當然不是！」我的喉嚨裡感覺像有一塊鋸齒狀的打火石。傑克和哈利就坐在這裡，我們在鬧烘烘的中庭，可是這也許是我講我的事情唯一的機會了。「拜託，我做錯什麼了嗎？你氣我跟著你回家嗎？如果你對我有什麼不滿，希望你直接說出來。」

「你到底在鬧什麼？」林佛德瞇起眼睛，給了我一個黝暗、意味深長的眼神。

傑克和哈利向下看著自己的腳，然後抬頭看著天空。

「我不知道，只是我們好像不像以前一樣經常一起歡笑了。」我想辦法用又輕又放鬆的聲音說話，可是實際上鞋子裡的腳趾已經緊緊弓了起來。

「是喔，這個嘛，是你不再喜歡跟著笑了，對吧？」林佛德回嗆我。「我最近才剛看到你的表情，在我們跟某人玩玩的時候。」

我猜他的「玩玩」是指霸凌塞格。

「小柯，你以前也喜歡我們歡樂的氛圍，現在你卻開始表現得好像我們讓你覺得無聊透頂。如果你不喜歡我們的風格，那你為什麼不乾脆——」

「嘿，看看是誰來了，」傑克大喊。我幾乎要給他一個擁抱，謝謝他幫忙轉移焦點，直到我看清楚朝我們過來的人是誰，這個人現在完全占據了林佛德的注意力。

「我已經受夠了一直看到那個無知的蠢蛋了。」林佛德咬牙切齒的喃喃說道。「最近他就像是我們的影子。我們走到哪，他就跟到哪。」

他正在用他安靜、好像很平和的聲音講話，可是臉上已經浮現一種嚴厲的表情。他眉毛糾結，下巴縮緊。他站起身來的時候，整個身體非常僵硬。

「來嘛，」我說，用好像太開心的聲音。「我們現在到運動場去踢踢球。」

沒人在聽我說話。

我毫無選擇，只能看著塞格接近。

我的身體同時感覺又冷又熱，我又再度坐回牆上，想著我可怕的處境就要變得更悲慘了。

17

塞格走向我們時，眼睛始終盯著我看，我看向一旁，希望林佛德沒有注意到。

「唷，移民仔。」林佛德選擇了拳擊手的姿態。「你又回來找更多樂子了嗎？」

塞格又走近了一點，然後在最後一刻改變了方向。

「找另一條路穿過中庭，呆子。」傑克輕蔑的說。「我們喜歡在這裡呼吸新鮮空氣。」

「我以為這是一個自由的國家。」塞格安靜的說，可是他繼續往前走，沒有看著傑克。「所以我可以走在任何自己選擇的地方。」

閉上他的大嘴巴有這麼難嗎？

傑克抓住他的背包，可是塞格甩開他，轉過身去。

「喔我的老天，靠政府補助金生活的傢伙氣炸了。」傑克踉蹌了一下的時候，哈利大笑。

「我媽媽每天都去工作，」塞格冷淡的回答。「所以你們可以放心。我們沒有領任何你們擔心得要死的補助金。」

「你是說，她搶了其他人的工作。」林佛德輕輕的說，同時向前跨了一步。「那些在這個國家出生、有權利在這裡工作的人的工作。」

今年年初時，林佛德告訴我們，他繼父被工作了超過二十年的建築公司解雇。林佛德說東歐人搶走了所有的建築工作，因為就算只給他們花生當作報酬，他們也會接受。

可是現在林佛德又說所有的東歐人都很懶惰又領政府補助金。我不確定哪個狀況才是真的，但我知道不可能兩者都是真的。林佛德自己好像也不知道，我突然納悶他這些訊息都是從哪兒來的。他就像鸚鵡，盲目的重複任何對他或其他人來說都沒有意義的東西。

我想起他繼父憤怒的臉，還有我看見他時，他好像已經喝得醉醺醺。有時候，我覺得，把自己的問題怪到別人頭上，比接受是你把自己的生活弄得亂糟糟要容易多了。

塞格把眼光瞟向我，可是我又能怎麼辦？我早就警告他離我們遠一點，但他拒絕聽我的話。

「傑克看見你昨晚到我們的住宅區那裡去。」林佛德繼續說。「你去那裡幹嘛？你這個討厭的寄生蟲。不要告訴我，他們現在已經提供你們很多免費的市政府住宅。」

塞格看著地板。

「你倒是說說看呀，」傑克發出噓聲說。「反正我們會找出答案，到時候就會有磚塊扔破你家窗戶。」

他們全都吃吃竊笑，可是塞格沒回答，反倒直接看著我。

「你為什麼總是瞪著小柯看？」傑克皺著眉頭問。「你是喜歡他還是怎樣啊？」

他用手肘推推我，然後笑了，邀我一同加入林佛德所謂的「挑戰」。只不過我沒有感覺自己加進今天的挑戰裡，而是被迫參與更邪惡的什麼計畫的尾端……跟塞格一起。

突然，這整件事好像不是那麼輕鬆好玩了。

「移民仔，我剛剛問了你一個問題耶，」林佛德咆哮。「你們現在在我們那一區也有一間公寓嗎？還是怎樣？」

塞格最後又看了我一次，他的眼睛懇求我說些什麼，求我幫他一把。他需要我告訴林佛德事實。

我最糟的噩夢成真了。這是我最後一次編謊話或編故事的機會。再不然，可怕的事實就要揭穿了，我對它根本無能為力。

我張開嘴，接著又閉起嘴巴。

等林佛德發現我一直欺騙他，沒有說出塞格和他媽跟我們一起住的事情時，我想不出我到底能說什麼，才能緩解林佛德的反應。

林佛德抓住塞格外套軟塌塌的翻領。

「我住在聖瑪西亞路。」塞格說，一面抽開身子。

「小柯，那是你家那條路，不是嗎？」傑克皺著眉頭說。

他們全都轉身看著我。林佛德的眼睛裡閃爍著什麼，彷彿他終於把一點一點的訊息拼湊了起來。

「原來這就是移民仔老是瞪著你看的原因，」林佛德慢慢的說。「因為你們是鄰居。」

「不完全是這樣。」我喃喃自語的說。我的學校襯衫緊黏著我汗溼的胳肢窩。

「聖安區只有一條聖瑪西亞路。」哈利皺起眉頭。「小柯，那一定是你住的同一條路，所以你一定看過他。移民仔，你騙人。」

「他不是我鄰居。」在我的聲音崩潰、背叛我以前，我很快的說出這句話。

我的身體裡糾結成緊緊的一團，感覺那些結永遠無法解開了。

「所以，移民仔是用他那張嘴在騙人囉。」林佛德動作很快，不過幾秒鐘，他就抓住塞格骨瘦如柴的脖子，縮回右拳，準備要揍他了。「給你最後一次機會。你住在哪裡，你這個小臭——」

「等等！」我跳了起來。「他沒有說謊。」

林佛德稍微鬆開了手，足以讓塞格吸了幾大口空氣。

四雙眼睛全都緊盯著我，等著事實揭露。

等著我告訴他們我知道的事。

我的喉嚨裡開始出現一種跳動的感覺，就像我的心臟鬆動了，從胸膛往上滑。

我盡全力想把話吞回去，可是最後我根本別無選擇，只能面對接下來即將發生的事。我不得不把話說出來。

「是我們的公寓。」我說，頹然向後跌坐在牆上。「塞格跟我們一起住。」

18

林佛德轉過身來面對我，我用力吞口水。

「小柯，希望我剛才聽錯了。」

他額頭上的汗珠閃爍著，他靠過來時，一陣強烈酸腐的汗味飄到我鼻子前。

在他身後，塞格在還有機會時溜走了。叛徒。

「你最好解釋清楚你剛剛的話是什麼意思。」林佛德的聲音低沉得可怕。「你是說真的嗎？……塞格．祖拉柯維斯基跟你一起住？」

有一、兩秒鐘，我說不出話來。

傑克和哈利彼此交換了一個眼神，然後輕輕的從林佛德身邊站開了一點，就跟林佛德每次要傷害誰時，他們採取的動作一樣。

「前幾天到我們家來的訪客，是他們。」我含糊不清的說。「塞格和他媽。」

「喔，我的媽呀，」哈利發出呻吟，把他的手掌跟按在額頭上。

「我不曉得。」我的聲音提高了八度。「林佛德，我發誓，在看到塞格出現在我們公寓前，我根本不曉得訪客是誰。是我爸，你知道嗎，他——」

「他竟然什麼也沒說。」林佛德拉長聲音說，一面轉向其他人。「小柯竟然親口欺騙我們。為了一個骯髒的訪客出賣我們，兄弟們。」

傑克對我嫌惡的搖搖頭。

「不……是我爸，他在跟塞格他媽交往，可是我一直到那天晚上才知道，」我試圖笨拙的解釋。「那時候我根本沒辦法做什麼。我是說，告訴我，我還能怎麼做？」

「你可以告訴我們。」哈利瞪著我看。「那會是個開始。」

「真的，我本來就打算那樣做。可是林佛德有點……」我試著要找一個詞，「我不曉得，奇怪。我本來就想找一個好時間告訴你們大家，我發誓。」

林佛德瞇起眼睛。

「現在你是在說我怪胎囉，對吧？」

「不是！可是為什麼所有的事情總是得跟你有關？」一陣熱氣衝上我腦門。我受夠了老是得對林佛德小心翼翼、如履薄冰，我乾脆說出來算了。我站了起來。「我們永遠都得做你喜歡的事，照你說的話做，只能跟你點頭同意的人講話。爛透了。」

「你最好在你還有機會時，收回剛剛的話，你這個笨呆瓜——」

「我們就像他的傀儡，我們每一個人，對吧？」我轉向傑克和哈利。他們別開目光，可是我沒辦法停下來。「他恨所有跟他不一樣的人。知道我怎麼想嗎？」我轉回林佛德的方向，我的胸膛緊緊燃燒。「我覺得你很怕。」

作。

林佛德把頭往後揚，發出大笑。可是聽起來很假，好像他是按照舞台指示做出這個動作。

「你覺得我很怕？」他的聲音小得很危險，可是我得釋放這種感覺——這種緊繃感已經在我身體裡卡了幾世紀。

「對，我覺得你很怕。怕那些跟學校無關的事、和你霸凌的人無關的事，還有那些沒人看見、你在家裡得應付的事。」

「小柯……」傑克往前跨了一步。「這只是玩笑而已。別說了。」

「其實不是玩笑，對吧？」我反駁他。「我們叫這些事玩笑，可是所有其他的人都叫它霸凌。」

「安靜，」林佛德咆哮著。「我要聽聽小柯說說看我到底這麼怕什麼。」

「林佛德，我不曉得你到底在怕什麼。我覺得你自己也不知道。」一部分的我曉得我已經走得太遠，無法回頭了，還有一部分的我感覺自由，像是這麼多年以來，總算能做我想做的事、說我想說的話。「也許你怕的是失去你在學校裡的控制權，怕自己看起來很弱？我只知道，你一張開嘴，你繼父的聲音和意見就會掉出來。你已經變成他的代言人。」

傑克很大聲的吸進一口氣，然後往後退。

「你不想活了。」林佛德的臉失去了血色，可是他的眼神熊熊燃燒。「你死定了。」

他的手緊握成拳頭狀，緊到我可以看見他的指關節透過皮膚凸了出來。

這時候我才發現自己的拳頭也握得很緊。感覺很奇怪，不過這是很長一段時間以來，我第一次覺得像自己，而不只是林佛德的傀儡。

有那麼一秒鐘，我們眼神相對，我看見他眼裡閃過一絲驚恐。

他用力咬緊後牙，臉部表情猙獰。他的拳頭往後收，我準備接受他揍過來的一拳。就這樣了。我們的友誼完了。

這一拳的力道和我下巴的劈啪聲嚇了我一跳，讓我往後撞到牆壁。我撞到牆壁時，本能的反應就是往後推，然後再往前跳。有一道火焰沿著我的手臂往下傳送，我幾乎沒意識到自己的拳頭正向前飛，直到它不偏不倚的打中林佛德的鼻子。

我感覺心臟快要從胸膛裡爆炸，周圍的聲音在我耳邊就像模糊的回音。其他學生跑來看好戲，我聽見陣陣驚呼聲。我重新把焦點拉回眼前，看見林佛德彎下身體，血從他的鼻子流了出來。

傑克和哈利用不同於以往的眼光看著我，他們的下巴都闔不起來。

「夠了，別再打了。」一個嚴格的聲音響起。「林佛德．高登，先去醫護室，然後到我辦公室來。馬上。」法克斯先生遞了一條手帕給他。

傑克和哈利跑掉了。塞格和法克斯先生一起站在我面前。

「柯倫，你還好嗎？」法克斯先生把頭歪向一邊，很嚴肅的研究我。

「是的，老師。」我說，拍拍我的長褲，左右晃動我還在抽搐的下巴。「我沒事。」

「如果塞格沒把我拖過來，我八成會說你不過是挨了高登先生正字標記的一頓揍而已。就是你們很愛站在邊邊看熱鬧的那種。可是我看到是他先攻擊你的，這一次你似乎堅守了自己的立場。下巴還好吧？」

我往左右兩邊甩了甩下巴。「我的下巴沒事，老師。」

「我明天早上會跟你談一談，在第一堂課以前，拜託。」

「好的，老師。」

雖然待會兒必須去校長辦公室報到，林佛德還是拖拖拉拉的走在法克斯先生後面，他用手帕壓住鼻子，烏黑的眼睛緊盯著我，像是希望被叫去辦公室的是其他人。

「柯倫，待在另一邊的感覺不是那麼好，對吧？你平常都很熱心的站在林佛德身邊當旁觀者。」

「老師，現在不一樣了。」我說，而且我是認真的。從現在起，我會自己做決定，用自己的頭腦思考。

這一天接下來的時間我都沒見到林佛德，傑克和哈利在放學後的大門邊也不見蹤影。

今天我沒辦法直接回家，所以我決定繞路到植物園去。我把外套摺好，拿掉領帶，把它們全部塞進背包裡。

我希望他們現在有時間思考了，希望其他人看得出我對塞格來跟我們住的事，根本沒辦法干預什麼。我沒有說謊，他們得明白這一點。

到公園大約要十五分鐘的路程，我一直往後看，以免林佛德出來尋仇。我揉揉疼痛的下巴。我知道這件事或許還沒結束，他可能會再找上我。想到這樣的可能就讓我有點害怕，可是我的身體裡依然還在燃燒。他們全都用塞格的事來逼我實在是太蠢了。對他們扭曲的規則，我已經厭惡透頂，而且疲憊不堪。

一走過大門，我的肩膀就放鬆了一點，嘴裡的乾燥也緩解了一些。

他們說J. M.巴瑞這位作者就是在植物園這裡得到寫作《彼得潘》的靈感，我可以理解這樣的可能性，因為今天這裡看來就有點像是一座夢幻島。

維多利亞花木公園到處綻放著鮮麗的色彩，中國鐘塔在淡金色的陽光下堂皇矗立。我感覺自己彷彿置身於平行宇宙裡，所有在家裡和學校發生的混亂經歷似乎霎時全都變得非常遙遠。

我靜靜的站了一會兒，聆聽四周叢聚的枝葉間看不見蹤影的鳥兒歌聲。我不會介意像彼得潘一樣能夠飛行，可是我想不出什麼比永遠不長大更慘的事。我等不及想要快點畢業去工作；最好能走得遠遠的。同時，我又無法想像自己有辦法逃離這個住宅區。

人們生在這裡，長在這裡，然後死在這裡。事情就是這樣。所有我聽過的讓人興奮的事，似乎都發生在其他人身上，那些人一輩子沒有涉足過像這種爛透了的地方。

19

稍晚，等我轉進聖瑪西亞路街角時，我立刻就看出爸的廂型車不在，真是謝天謝地。我還沒有機會告訴塞格對今天我和林佛德間的事閉上嘴。我只希望他沒有笨到在我和他談過以前就脫口而出。

希望塞格和他媽也不在。我真的需要一些時間好好想清楚這些事。

我覺得自己好像在一個泡泡裡，跟周圍所有的人都隔絕了。我獨自一人，雖然人們就在我身邊。

我轉動公寓鑰匙推開門時，耳朵立刻充滿從走廊流瀉而出的音樂。聽起來就像法克斯先生會在我們的週一上午朝會時播放的那種無聊歌曲。

我踢掉鞋子，把背包扔在門邊，悄悄走進走廊，望進房間裡。看來爸和安琪好像出去了，可是塞格窩在我房間裡。

我比較靠近時，音樂大聲清晰到我透過房門的縫隙偷窺，好確定塞格不是真的搬了一架鋼琴到我房裡。就算情況真的是那樣，我也不會太訝異，畢竟他早就在我房裡塞滿各式各樣的怪東西了。

可是他沒有在彈鋼琴，他坐在床上，瞪著外太空，就跟殭屍一樣。他的臉上一片空白，眼神空洞呆滯，嘴唇鬆鬆的閉著，好像有人用一塊軟綿綿的布擦掉他的五官似的。

我站著不動聆聽。鋼琴旋律高昂明亮的舞動著，然後像活潑的雨滴似的，滴滴答答快速作響。我的心好像膨脹了，接著又緊緊縮了起來。我沒辦法下定決心，不曉得自己是想哭還是想笑。

我感覺音樂慢慢堆疊，就像醞釀一場暴風雨，直到最後突然爆發成曲折的旋律，它們圍繞著隆隆的低音團團轉，彷彿我小小的房間裡，擠進一整個管弦樂團。

我閉上眼睛，讓音樂從我身上流過。在我發現以前，我的心思已經飄到去年夏天，那次爸突然提早回家過週末。週六早晨，我們很早起床，跳進廂型車，開了快三個鐘頭，好坐在惠特比港的牆上，吃炸魚薯條當午餐。

一段憂愁的樂曲揭開另一段記憶。那天布魯斯特太太的拉布拉多犬法蘭克在街上被一輛摩托車撞倒。有人去接布魯斯特太太過來時，我在路上坐在法蘭克身邊，把牠柔軟、天鵝絨般的頭枕在我膝蓋上，直到牠毛茸茸、發出刺耳聲音的胸膛最後靜止不動為止。

我用力眨了幾次眼睛。

我不曉得為什麼我突然想起這些事；這太瘋狂了。塞格的音樂滲進我腦海裡，就像一縷黑魔法，把我理智的思考變得濃濃稠稠。

房間的門突然打開。

「柯倫，你為什麼站在外面？進來聽呀。」

「我才不需要人邀請我進到自己的房間，謝了。」我越過音樂聲高喊。

我擠過他身邊，「砰」一聲倒在自己床上。我拿起一片ＤＶＤ，假裝閱讀光碟後面的說明，可是那些字句好像沒什麼意義。

「你剛才就在聽這些音樂了吧。」他揚起聲音說。

「比較像是在等音樂結束吧。」我踢掉鞋子，沒有坐起來。其中一隻鞋打到放在他手機上面的活動式喇叭，唱片跳針了。

「你的下巴怎麼樣了？」

「沒事。」我試著忽略下巴的痛感。「所以不要嘰哩呱啦的去跟爸說下午發生的事唷。」

「要我關掉音樂嗎？」

「隨便你。」

他伸手把音量調小。

「你喜歡蕭邦嗎？」他把這個名字念成「蕭潘」。

「什麼？」

「佛德列克・蕭邦，」他又說了一次。「是作曲家，出生於華沙。這首曲子叫《十九號Ｅ小調夜曲》。」

我嘆了一口氣，研究起ＤＶＤ的封面。

「這首曲子是他二十一首夜曲創作當中的一首。」

「太神奇了。」我對他皺眉頭。「你好像什麼有的沒的事情全都知道。」

我挑釁的話就像油一樣從他身上一下子就流掉了。

「柯倫，蕭邦很快就會進到這裡。」他輕拍心口的位置。「我從你臉上看得出，他也吸引了你。」

今天我因為他和他媽出現在不受歡迎的地方，失去一個原本最好的朋友，現在他竟然還像個呆瓜似的對著我笑。

「你為什麼不滾回你們以前的地方？」

發現我聽起來就跟林佛德沒有兩樣的時候，我的心裡翻攪了一下。我半是往下滑，半是從床上掉下來，在這個過程中還踢翻了喇叭。音樂跳動了一晌，然後完全停了下來。

「嘿，你到底有什麼毛病呀？」他向我靠近一步。「你應該要學學禮貌。」

「喔是嗎？」我瞥向他緊緊握住的手。「那誰要教我禮貌？你嗎？」

我準備要找他算帳，可是我在學校看見的那個怯懦的塞格不在這裡。我反而感受到一股暗流從他身上汩汩流出，我感覺脖子後面刺刺的。

「也許我會唷。」他安靜的說。他的眼睛閃亮亮的，黝黑又危險。「也許我會等待對的時機。」

說不定他已經受夠了在我身邊躡手躡腳，就跟我受夠林佛德一樣。我從他旁邊擠過去。

「是唷，說得對。等你長得夠大的時候。」我在已經隔了一段安全距離的時候說。

我甩上門，在走廊站了一會兒，氣喘吁吁。

我感覺被從自己房間趕了出來。事情怎麼會變成這樣？

塞格在學校似乎很安靜，也不會與人起衝突，可是在這間公寓裡，我感覺到一種不同的氣息。誰知道他到底是怎樣的人？如果他只是引導我相信他不會傷害人，可是實際上是個完全不同的人呢？

塞格整個晚上都關在我房間裡。

我自己坐在客廳看電視，可是知道他在那裡，我同樣沒辦法放鬆。我感覺非常惱怒，他占據了我的位置。

不過，我的喉嚨裡有種粗粗的、吞不下去的感覺。我想起阿米麗雅和她的家人，他們到一個新的地方居住，卻被人當作騙子。我不該告訴他們我對塞格做的那些事。我沒辦法真的專心看電視，所以我就把電視關了。

爸和安琪還是沒回來。我正準備熄燈睡覺時，聽見外頭的路上有大喊大叫和吹口哨的聲音。

我站著不動傾聽，一陣小小的戰慄從我的雙臂往下流過。我沒辦法甩掉那種不安的感覺，林佛德八成出來準備把我逮個正著了。爸不在，如果外面有人想找麻煩，他們可以把磚頭從窗戶扔進來，甚至試著破門而入。

我在內心交戰了一會兒，不知道自己是不是該走到窗邊去。有可能是吵吵鬧鬧的傢伙們從酒吧回家了，可是現在還有點早——他們通常要到十一點半左右才會出現。

有人在大喊，接著是一聲尖銳的口哨聲。不管外頭的人是誰，他們似乎就停在我們的公寓外。

我慢慢走到鬆鬆拉上的窗簾旁往外張望，然後往下看著馬路上的動靜。大概八個左右戴著棒球帽、穿著帽T的人就站在我們的公寓外，聚集在前門邊。在黃昏的光線下，我看不清所有帽子下個別的臉孔，可是他們看起來就像這個住宅區那些專找麻煩的傢伙，那些車子停在炸魚薯條店外的人。我以前就看過他們像一群狗那樣，到處晃來晃去。

他們抬頭看著我們的窗戶，我太晚才想到，因為檯燈就在我背後，我就像聖誕樹上的精靈那樣被照得一清二楚。這群人突然發出怒吼聲，用手指著上面，一面吹口哨，一面做出不雅的手勢。我試著弄清楚為什麼他們突然這樣對我，這時候，我感覺有什麼東西碰了我的肩膀一下。我往後跳，發現塞格就在我旁邊，向下瞪著馬路。

「離窗戶遠一點。」我發出噓聲，把他從窗邊拉開。

我再度拉上窗簾，從旁邊一個小縫往下看著馬路。這群人慢慢拖著腳步走開時，還繼續大笑，往上瞪著我們家，然後一個接一個走到街燈下。

最後一個年輕人在那裡站了一會兒，後來又瞪著上面看。我看得到他的上唇蜷曲，眼裡閃耀著冷冷的怒火。有那麼一個短暫的瞬間，街燈照亮他整張臉。

我從窗簾邊的縫隙往後退，心臟猛烈撞擊著。是林佛德。

20

我突然清醒，望著窗台上發亮的紅色數字。

凌晨三點十五分。塞格輕柔的打呼，房間籠罩在街燈投射的淡淡橘色光芒下。

我躺在床上一直瞪著天花板，等睡眠再度回來，可是經過的每一分鐘好像都讓我變得更清醒，後來我的腿就開始蠢蠢欲動。

我盡量安靜的爬下床，躡手躡腳的經過在露營床毯子下縮成一團的塞格身邊。我最不希望發生的事，就是吵醒他，然後從頭再爭辯一次。

我很小心的打開再關上房間的門，輕輕踏進客廳裡。我看向窗外，在窗邊站了一會兒，安靜的街道盡收眼底。所有人都上床睡覺了，也不見林佛德從前門向上瞪著我看。

他或許在學校很強勢，可是總是跟住在住宅區那些小夥子保持距離。主要是因為他哥哥幾年前跟有問題的一群人一起混，結果想退出不再賣毒品時，膝蓋被球棒重搥。

不曉得他繼父有沒有因為他停學而給他好看。林佛德很會把責任全部怪到別人頭上，如果他惹上麻煩，我猜得出他現在會怪誰。

我打開小檯燈，快速轉台跳過一堆電視節目，可是現在正在播放的節目沒有一個吸引我。就連音樂節目都爛透了。

這時候我想起來了。

我小心沿著走廊走到前門去拿我的背包。爸的房門是關上的，所以他和安琪回家時一定很小心沒有吵醒我。

幾分鐘後，我躺在沙發上蓋著毯子，看起芙萊雅給我的影片。我明天可以告訴她說我已經看過影片了——如果她問的話啦。只要運氣好，影片可以送我回到夢鄉。

快要兩個小時以後，工作人員名單開始在螢幕上往下滾動，我卻還是清醒得不得了。《鷹與男孩》八成是我這輩子看過最棒的電影了。

影片裡沒有特效、沒有飛車追逐，也沒有打鬥戲。很難了解為什麼我這麼愛這部影片。

我把ＤＶＤ放回盒子裡，放進背包中，然後關掉檯燈，溜回我自己的房間。

塞格還睡得很熟，就跟兩小時前的姿勢一模一樣。我爬回床上，把棉被拉到下巴旁邊。閉上眼睛的時候，《鷹與男孩》的片段就在我腦海裡重播。

我可以看見比利．凱斯柏在原野放飛他的紅隼。

我聽見他明顯的約克郡口音裡的挫折。

我感受到他的痛。

不曉得芙萊雅還有沒有更多像這樣的電影。

我醒來的時候，塞格正輕輕搖晃著我的身體。他已經完整的穿好學校制服了。

「柯倫，你睡過頭了。」他在我耳邊說。

我把他甩開，坐了起來。

「現在幾點了？」我皺著眉頭，試著越過他的身體看到時鐘。

「八點三十二分。我試著叫了你兩次。」

我從床上跳下來，從地板上抓起昨天的學校襯衫。

「我等你。」他說，坐在他的露營床上。

「沒關係啦，」我說，試著要拍掉襯衫上的皺紋。「我可以自己走去學校。」

他沒有動。

「那好吧。」我嘖了一聲。「給我五分鐘。」

塞格微笑著點點頭。「我也睡過頭了——沒時間吃早餐了。我在想……」

「想什麼？」我皺起眉頭。

「今天稍晚在社區中心有個聚會。我在公布欄上看到的，」他說。「跟劇本比賽有關。我覺得也許你會想去。」

「你怎麼會知道？」

「我看到傳單。」他對著我昨晚睡覺前丟在地板上、有點皺皺的傳單點點頭。「我想你也許會考慮參加。」

「是嗎？嗯我還沒想好啦。」我說，感覺有點氣惱。

他什麼也不會錯過，把握每個機會，對我的事情探頭探腦。

「我跟你一起去，我想再知道一點詳情。」他說。「如果你想去的話？」

「我再看看。」我自言自語，轉身背對著他。

我把歷史課本和比賽傳單塞進包包裡，穿上外套。

我不曉得有這個聚會。也許去看看會是個好主意。我不會承諾什麼；只是去了解一下這個比賽的事。芙萊雅應該也會很高興。

我在廚房裡注意到，原本放那些皺巴巴的發票和原子筆的水果碗已經被清出來了，現在碗裡裝滿了新鮮水果。我拿了一根香蕉還有一顆蘋果，把它們也塞進包包裡。

我轉身準備離開，然後又回頭拿了另外兩種水果。

「拿去。」在走廊上，我把多的水果推給塞格。「我們可以邊走邊吃。」

「謝謝你，柯倫。」他的嘴巴開開的。「謝謝你一千次。」（Thanks a thousand.）

「一百萬次。」我告訴他。「你會說：萬分感謝。」（Thanks a million.）

「謝謝你。萬分感謝你幫我準備早餐。」

「兄弟，冷靜一點。只是一點水果而已。」我笑了，他也回我一個微笑。

我到的時候，傑克和哈利已經在歷史課的教室裡了。他們坐在滿滿一排人的最後面。前排是空的，所以我就坐在他們正前方。

「謝謝你們幫我們留位置。」我轉過身去，可是他們兩個都沒回答。

下課時，我跟著他們走出教室。他們大步往前走，沒有等我。

「嘿，你們有什麼問題呀？」我趕上他們，站在他們前面，所以他們不得不停下來看著我。

「如果你不曉得的話，我們告訴你也沒有什麼意義。」傑克回嗆我。

「是林佛德，」哈利說。「他這次被永久停學了。」

「對呀，你這個討厭鬼。」傑克補充。

「那怎麼會是我的錯？」有什麼討厭的東西黏在我喉嚨裡。真希望我能對他們吐出那個東西。

「你也曉得等他發現你騙他關於跟塞格・祖拉柯維斯基做朋友的事情時，他一定會抓狂的，」傑克說，他眯起黝黑的眼睛。「他失控的時候，法克斯先生也當場看到了。有些人會說這就像林佛德直接走進一個圈套。」

「我沒有對塞格搬進來的事情說謊；我只是不曉得要怎麼告訴你們所有的一切。」我的眼睛撐大了，努力想讓他們明白。「事情發生得太快，我很震驚。你們真的覺得塞格在我家我會開心嗎？」

「你還是應該說些什麼的。」哈利自言自語的說。

「我昨晚看見林佛德了，」我很快的說。「他和街區那幫人一起在我們那條街上晃。炸魚薯條店外，車上那些人。」

「廢話。」傑克搖搖頭。「他不可能會跟那些傻子有牽連。在他哥的事以後。」

「絕對是他。」我說。

沒有人回答我。

「反正你們兩個不必介入我和林佛德爭執的事。」我聽見自己的聲音緊繃又強勢。「我們還是兄弟，對吧？」

傑克看著我的樣子，好像我剛剛在他的鼻子底下放屁。

「哈子，算了吧，我們走。」他說。

他們走過我身邊。

「抱歉，小柯。」哈利經過的時候聳了聳肩。

我看著他們一起慢慢往前走。他們沒有回頭。

課堂上其他人一擁而出的進入走廊。平常大家都很小心的繞過我們身邊，小心不要惹到我們。

今天，我發現自己被人潮推來推去，像暴風雨中的一根羽毛。

今天，我感覺自己就像隱形人。

21

我往下坡的方向走回住宅區，心裡正在交戰到底該直接回家，還是該向下走到運河那裡去時，有人大喊我的名字。我停下腳步，看到塞格朝我跑來。

「我在等你耶，柯倫，」他上氣不接下氣的喊著。「我們可以一起到社區中心去。聚會呀，十分鐘後就開始了。」

我忘掉聚會的事了，可是反正我現在也沒有心情去那裡。

「會很好玩。」塞格說，察覺了我的猶豫。「去聽聽看你準備要贏的那個比賽的說明呀。」

「我還不知道要不要參加咧。」我皺著眉頭說。「我不需要你勸我參加比賽。」芙萊雅已經勸得夠多了。

「柯倫，你必須參加。」他咧著嘴笑了。「你這麼擅長這件事。」

「你哪裡會知道？」我嘲弄的說，一面繼續往前走。我主要是在腦袋裡寫劇本，所以除非他會讀心術……

「你好像知道很多關於電影的事情，」他說。「我是那個意思。所以，我覺得你有能力寫一個好劇本，對吧？我的建築，它們會訴說自己的故事，就像是一種場景設計，而你是透過文字說故事。」

我喜歡他這樣表達，如果真的有那麼簡單的話就好了。

我們到山丘底下時，我已經決定不要那麼麻煩的去參加聚會。我才不要跟一堆梅波利丘的有錢人坐在一起。整天在學校沒半個朋友本來就已經夠慘了。

「來嘛，」塞格喊道，我還在繼續走，他已經轉進社區中心了。

我停下腳步望向他身後，望著表演大樓的陶瓦柔和友善的光輝。一個女人正打開鑄鐵大門，一截一截的把鐵門撐開。她轉身對我們微笑，才又走回裡面。

「聚會很快就要開始了。」他催促我。

四周好像沒有人。根本沒有什麼聰明文藝型的人，那些一個禮拜寫一堆劇本的人。

「我要去參加聚會。」塞格嘆了一口氣。「柯倫，你也一起來嗎？」

我真的對寫作很有興趣。我覺得這場聚會可能會有一點點意思，就算我決定不參加比賽也一樣。

我轉過身去，我們一起走向社區中心。

屋子裡一片喧嘩。

大廳有免費飲料，附庸風雅的傢伙圍成一堆站在一起，他們講話的時候，總是一面胡亂揮舞著手臂。我看見雨果．法克斯就站在這堆人中央，很引人注意，吹噓著他演過哪些戲。無聊。

我注意到屋裡也有很多跟我一樣的人。這些人的眼睛在屋子裡緊張兮兮的東張西望，然後把目光垂向地板，或是看著他們的手機。

我突然覺得喉嚨很緊，需要一點空氣。我正準備轉身走出去時，有人抓住我的手臂。

「柯倫，真高興在這裡見到你。哈囉，塞格。」

「哈囉，芙萊雅。」塞格露出微笑。

「我還沒決定要不要參加比賽。」我很快的說。「是他拖我來的。」

「那一點也不要緊。」她放開我的手臂，對塞格微笑。「這場聚會只是提供訊息。你沒有義務非得參加比賽不可。」

「芙萊雅，我也是這樣跟他說。」塞格點點頭。「這場活動可以給柯倫一些關於比賽的訊息，對他來說可能會很有趣。」

「沒錯。」芙萊雅微笑著說。「做得好，塞格！」

塞格真討厭。跟芙萊雅說我的事，好像我是小小孩似的。

「是喔，這個嘛，就像我說過的，」我咕噥著。「我又還沒決定。」

「好啊，反正我之後再問你，看看你覺得怎麼樣。」芙萊雅說，她看見認識的人，決定先離開一下。

我不認為芙萊雅跟我強迫推銷比賽的事有什麼好玩。聚會後我要趕快離開。

「我去幫我們拿一點果汁和餅乾。」塞格說，說完就走到食物檯那裡去。

「沒想到會在這兒遇見你。」有人在我耳邊輕聲說。

我轉過身去，跟阿米麗雅面對面。她的臉跟我的臉非常靠近，近到我可以看到她長長的睫毛，還有大大的棕色眼睛裡某種舞動的光。

「你怎麼會在這裡？」我後退一步，很希望自己不是穿著皺巴巴的學校制服。

阿米麗雅穿著白色牛仔短褲和白T恤，搭配她平常穿的白色Converse運動鞋，運動鞋穿在她腳上看起來並不低調，反而有種很時髦的感覺。我瞥了一眼她棕色的長腿和光滑的手臂，才看向一旁。

「我也很高興能在這裡見到你。」她笑了。襯著她粉紅又有光澤的嘴唇，今天她的牙齒顯得比平時更白。「我常來這裡呀。他們有些好活動。」

「你要參加劇本比賽嗎？」我問，希望自己的臉頰可以變涼一點。

「我？喔不是啦，那不是我拿手的東西。不過我會到這裡來參加各種活動，這樣才能離開船呀，你知道吧？找些事情做。」

塞格帶著兩個白色塑膠杯出現，杯裡裝著柳橙汁，還用一隻髒兮兮的手抓著兩塊巧克力蛋糕。

「這是誰呀？你朋友嗎？」阿米麗雅就跟平時一樣直接。

「他叫塞格。」我咕噥著，從他手上拿走一杯飲料。「這是阿米麗雅，她住在停泊在運河那裡的一艘運河船上。」

「哈囉，塞格！」阿米麗雅伸出她的手。「我想起來了，柯倫來拜訪時，跟我們說過你很多事，他好高興你能跟他一起住。」

我瞪著她看，但是她不看我。

「阿米麗雅，我好開心能認識你。」塞格匆匆忙忙把餅乾遞給我，在學校長褲側面抹乾淨自己的手指，才伸出手來握阿米麗雅的手。

阿米麗雅在塞格握住她的手前就把手抽回去。「這個玩笑永遠都不嫌老！」她開心尖叫。

我皺起眉頭。

塞格哈哈大笑。「啊哈，被你騙了，阿米麗雅。厲害！」

我看著他，感覺非常驚訝。他好像突然學會一些英文的表達方式。

「抱歉，兄弟。」阿米麗雅笑了，這次正常的握握他的手。「我很呆，對吧，柯倫？」

我把重心換到另一隻腳，然後喝了一口果汁。

「我喜歡好玩的人。」塞格露出微笑。「住在運河船上聽起來超好玩。我的故鄉華沙坐落在維斯瓦河邊。它是全波蘭最大最長的河流，那裡也有很多船唷。」

「真酷！」

「我家附近有一座很大的船塢。我真的很喜歡各式各樣的船。」

塞格真會吹牛。我從阿米麗雅點頭和眼睛睜大的模樣，看得出她對塞格的話很佩服，一副他說的話真的很有趣的模樣。他真是討人厭。

有人在大廳另一邊鼓掌，是我看到的那個打開大門的女人。

「嗨，大家好，謝謝大家來參加。現在可以請你們在大廳這邊找位置坐下來嗎？我們要準備開始了。」

每個人都魚貫進入中心正中央的大空間。

「我拿杯果汁讓你帶過去唷，阿米麗雅。」塞格說完就消失了。

「你朋友真的很紳士。」阿米麗雅的眼睛繞著我悶悶不樂的臉孔打轉，她緊緊抿著嘴唇，就像在試圖阻止自己大笑出聲。「也許你可以跟他學學，而不是在他背後偷偷罵他。」

「我沒有當他面說過任何不該講的話。」真希望我可以收回我在船上說過那些關於塞格和他媽媽的話，可是阿米麗雅現在是這種心情，我才不要對她低聲下氣。

「那你應該感覺慚愧。這樣真的會要求太多嗎，要你歡迎新來的人，給他們一點支持？你對他來說，是朋友耶。」

「我從來沒說過他是我朋友。」我咆哮著，看著我們周圍的大廳愈來愈空。

「不是嗎？那你怎麼會跟他在一起？」她輕推我的手臂，鼓勵著我。

「我又甩不掉他。」我緊緊咬住後牙。

塞格跳回阿米麗雅面前，拿著她的果汁，就像隻想討好人的小狗狗。

「謝啦，塞格。」她帶著微笑說。「柯倫剛剛還在說你們兩個現在變成好朋友的事呢。」

「我想，我們還得繼續努力才行。」塞格很懷疑的看了我一眼。「可是將來有一天，我們會變成好朋友。」

我轉過身去，準備走進禮堂。我的頭開始痛，身體感覺好熱。

我聽得到阿米麗雅在我身後開懷大笑。

22

聚會很棒。不正式，卻提供了很多訊息，還有劇本寫作的小技巧。

我其實私底下很高興塞格說服我去了。我感覺得到新的想法在腦袋裡愉快的嗡嗡作響。它們來回疾走，混合了一點自信與希望。不曉得這樣的感覺能維持多久，之後我又會告訴自己我辦不到。

我們離開中心時，時間還很早。

「想不想到運河底下那裡呢？」阿米麗雅說。「塞格可以來看看窈窕淑女喔。」

「我很樂意看看你們的瘦船，阿米麗雅。」塞格說的好像這是莫大的光榮。

「你是說『窄』船，運河船。」我對著他翻白眼。

「不，我喜歡這樣，塞格。」阿米麗雅咧開嘴笑著說。「你正在重新設計英文，而且表現得很棒。」

他們都笑了，我忍不住也一起加入，因為「瘦船」聽起來真的很好笑。

我們又結伴靜靜的走了一會兒，很快就到達運河邊。她就在那裡——窈窕淑女，船身油漆得光潔明亮。

沒人在家，所以阿米麗雅就用她長長的鑰匙打開艙門，我們踏上船。

「阿米麗雅，你家真美。」塞格露出微笑，他的笑容看起來非常遙遠。「這裡好溫暖，空氣裡還有一種舒適感。」

「舒適，」我告訴他。「你只要說這裡很舒適就可以了。」

「啊，沒錯，這裡溫暖又舒適。我們華沙的小房子以前也是，在……」

他沒有說完這句話，阿米麗雅看著我。

「他不想離開，」我告訴阿米麗雅，省得塞格還要解釋。「可是他不得不。他們有……嗯，問題——對吧，塞格？」

「嗯，」他說，盯著廚房區那端的燒柴爐看。「問題。」

「嗯，問題的好處是它們可以被克服。」阿米麗雅淡淡的說，一面從一道小小的、綁好的窗簾後，拉出一袋巧克力餅乾。「我們以前在舊家也有我們的問題。雖然我班上同學來自不同國家，放學後我還是被住在隔壁的小孩欺負霸凌。」

「你被霸凌？」我複述了一次。我沒辦法想像任何人霸凌阿米麗雅。

「對呀，他們比我大三歲，不喜歡我的皮膚顏色跟他們不一樣。他們的爸爸因為足球賽暴動被關進牢裡，他覺得他們公開欺負別的小孩很好笑。」

「發生了什麼事？」塞格問。

「媽跟學校抗議，他們都被停學。可是後來有人在我們門上畫了可怕的東西，把垃圾倒在我們花園裡，可是從來沒人看到什麼，因為其他鄰居也都怕這家人。你們大概想像得到那是什麼樣子了吧——很不愉快。媽說我們要在水上展開新生活的時候，我鬆了一口氣。」

「你以前從未跟我說過這些事。」我虛弱的說。

「你從來沒問過我呀。」她回答。

後來我上床睡覺時，一直醒著睡不著。

我的腿感覺不安於室、蠢蠢欲動，腦袋裡的想法轉呀轉，想著我可以寫什麼題材參加比賽。我又想起阿米麗雅和她跟我說的話，關於她在他們以前住的地方發生的問題。

★

外景．學校大門——白天

放學鐘聲響了。小朋友們衝向大門，交頭接耳、開心的歡笑。

一個高個子的女孩黏在牆邊，頭低低的。她獨自一人。

一個男生和一個女生靠近她。他們四處張望，確認沒人在看。

女生

〈嘲弄的口氣〉

呃，看看這是誰呀。我們臭兮兮的鄰居。

男生

你為什麼要住在這個國家？你的皮膚生來就適合熱天氣。

高高的女孩繼續走出學校大門，沒有看那兩個折磨她的人。男生用力把她推向樹籬。

男生和女生大笑。女生拉扯高個子女孩的髮飾。

女生

你不配用這些漂亮東西。你又黑又醜。應該拿一個袋子罩住自己的頭。

男生

〈充滿攻擊性的〉

我們恨你。我們恨透住在你和你們家的人隔壁。

女生

你不屬於這裡。

高個子女孩回到家。她直接上樓進到她房間關上門。她坐下來看向窗外，看著在微風中輕輕搖曳的樹木。

她不曉得為什麼鄰居會恨她。

她夢想一個更好的地方，靠近水邊。一個友善的地方。

幕落。

23

第二天早上我先醒，所以我在走過他身邊時，輕輕搖晃塞格的肩膀。

我正在吃一碗穀片時，他走進廚房。

「我不曉得你早餐想吃什麼，可是我幫你倒了一些柳橙汁。」我說。

「酷。」他說。

我看著他。

「怎麼了嗎？」他問。

「你是什麼時候開始像那樣講話的？」

「像怎樣？你是說像你那樣嗎？」他笑了。「我傾聽和學習呀，柯倫。」

我吃完的時候，把穀片移到一旁，把牛奶放回冰箱。冰箱裡有果汁、蛋、起司、優格、牛奶……而且全都是新鮮的。自從安琪接手採買食物的工作後，我們的冰箱一直都超級滿。

我們走路去上學時，我告訴塞格我昨天聽說了關於林佛德的事。

「所以他不會再回來上學囉？」塞格深吸了一口氣。他的臉亮了起來。

「沒錯。」我說。「他得去找另一所願意收留他的學校了。他繼父會氣炸的。」

塞格一開始沒回答；我看得出他在思考。

「可是林佛德知道如果他採用暴力手段的話，法克斯先生會讓他停學啊。」他單純的說。「對吧？」

「這個嘛，對啦。我想是，可是……」我不確定自己到底想說什麼。「有時候就算有人沒做錯任何事，也會被停學啊。就跟我一樣。」

「可是你是林佛德那一掛的耶，柯倫。」

「可是我又沒做錯任何事，我有嗎？」我反駁他。我現在開始後悔自己跟他一起走路上學了。「我又沒欺負過任何人。」

塞格用力嘆了一口氣，然後搖搖頭。我等他繼續他的長篇大論，可是他打住了。

我們走到武柏洛路一半左右時，一條老傑克羅素㹴犬慢慢走過我們身邊。我認出他是一位老人的狗，那個老人每天早上都會帶牠沿著這條路散步。老人會讓狗跑在前面一點點，所以我知道他的位置已經距離不遠了。

「看看這個。」塞格說。他走向狗，用腳去踢這隻動物。他出腳太快，那隻狗正在嗅聞人行道，根本沒注意到他在那裡。「我沒踢到。再看我一次唷。」

「哎！」我趕快衝到他後面，把他拉回來。「你在做什麼呀，笨蛋？不要踢牠啦！」

塞格把我甩開，繼續往上坡方向走。

「你剛才幹嘛那樣？那條可憐的狗對你做了什麼？」我推了他一下，可是他沒看我。

他露出微笑。微笑！

「別擔心，柯倫。」他說。「你又沒有踢那條狗，所以沒人會怪你。」

「那不是重點。我不會眼睜睜站在旁邊看你傷害一隻無辜的動物。」我對他大吼。「你認為我是哪種人呀？」

他什麼話也沒說，只是看著我，點點頭，然後再度露出微笑。

這個時候我了解了。

我知道他試著要告訴我什麼。

我穿過中庭走到行政大樓。我在學校大門邊或朝會時都沒看到傑克或是哈利。坦白說，我現在也不在乎了。

林佛德被停學的事已經傳開了，大家還說因為這件事，我們三個之間出現了問題。之前我自己參加了法克斯先生的朝會，聽著我背後的竊竊私語，後來我注意到所有人移動去上第一節課時，那些推擠和狡猾的笑容。其他學生一下子好像都變得自信許多，他們故意撞到我，當大家在出口的門邊摩肩接踵時，也拒絕讓路。

最後我終於殺出重圍，吸進一大口新鮮空氣，在每個人擠過我身邊時用力推撞。我轉向左邊，前往行政大樓，正好與所有要去上課的人反方向。我敲敲芙萊雅辦公室的門以後等待，因為可以稍稍遠離其他人窺伺的眼睛而鬆了一口氣。

門馬上就開了，芙萊雅梳洗乾淨的笑臉出現了。她穿著紫黃花朵圖案的內搭褲，配上明亮的白色T恤上衣。

在她旁邊讓我感覺自己好寒酸。

「柯倫，快進來。」她站到一旁，讓我可以進到辦公室。「我真好運，這個禮拜可以見到你三次！」

我在我平時的位置坐下來。房間裡東西好多，好溫暖。

「你有在筆記簿上再寫些什麼嗎？」她坐在我對面，倒水給我。

「我有，可是我的筆記簿忘在家了，老師。」我撒了謊。「抱歉。」

「沒關係。不過，在放假期間，試著每天在你的筆記簿上寫點東西，把想法記下來喔。」

我點點頭。她牆上還有一張海報，上頭印著大大的「拒絕英國脫歐」。

「柯倫，你對英國脫歐的辯論有興趣嗎？」芙萊雅順著我的眼光看。

「不，其實我對這件事一點也不了解。」我說，而那些我試圖拋在腦後的想法——為什麼我認為阿米麗雅可以選擇留在這裡，可是塞格不行——又重新占據我的腦袋。「我不曉得該做何感想。」

「外頭的噪音實在很多，不是嗎？」芙萊雅嘆了一口氣。「有時候真的很難知道到底該聽誰的。」

「對呀，老師，就是這樣。你覺得呢？你知道的，關於移民之類的事。」

「這個嘛，我完全認同，可是我猜我會那樣說，對吧？」她笑了，不過我不知道為什麼。「我是愛爾蘭人呀？」她補充說明。

「喔對唷，我懂了……」我點點頭。

「有些人說我們全部都是移民。就是說，如果你追溯得夠遠，每個人的族譜裡都會有人是不同國籍的人。世界很大，我喜歡想成這個世界屬於我們每個人。可是當然啦，有些人的想法不一樣。」

我慢慢點點頭。「有些人覺得他們只是來搶我們的工作，占用我們的社會福利。」

「的確有些人這樣說沒錯，」芙萊雅回答。「可是其他人說，如果不是因為那些在歐盟工作的外國人，我們的國民保健署早就垮了。」

「我不曉得有這種狀況耶。」我說，感到非常驚訝。

「任何辯論總是會有不同的兩方，我向來試著找出兩邊的立場是什麼，才會決定我自己的立場。」芙萊雅微笑著說。

我考慮了一下她的話。聽起來很合理。

「所以，你期待放暑假嗎？」她拍了拍手，然後把身體往後靠。

我聳聳肩膀。

「你有什麼計畫嗎？」

「也許我會跟我爸一起離家去工作。」我說，喝了一口水。

假裝夏天令人期待也許會很好玩，假裝有很多活動要參加、有很多事要做，這樣我們才會有多一點話題可談。

「聽起來真有趣。」她說，臉上掛著微笑。

「這個嘛，那是我想做的事，可是現在可能不會發生了。」我在其他話溜出口以前趕快緊緊閉上嘴巴。

「對……對……對呀。」芙萊雅緩緩說出這幾個字，然後看著我。感覺好像我應該再說點什麼。

「爸交了新女友，她剛搬進來。」我試著表現出自己對這一切都不在乎，可是我感覺得到自己咬緊了下顎。「她兒子也搬進來了。」

「你對這件事感覺如何呢？」

「我不喜歡。」我很快的說，望著自己的手。「可是沒人願意聽我想要什麼。」

「當其他人好像在我們的生命裡做出所有決定時，感覺一定非常辛苦。」芙萊雅說。「令人沮喪。」

我點點頭。

「我得跟她兒子分享我的房間。」我向下咬住舌頭，好讓自己閉嘴，可是話語就像苦苦的果核那樣接著被我吐了出來。「他以為自己什麼都會、什麼都懂，可是他其實根本就什麼也不知道。」

「我了解。」芙萊雅說。

我不打算告訴她那個人就是塞格．祖拉柯維斯基。據我所知，他說不定早就在他自己的諮商時段，把所有的事全部告訴芙萊雅了。他會把所有的一切說成我的錯，這樣她就會為他感到難過。

「或許你應該告訴你的新室友一些你知道的事情，柯倫。這樣可以讓你們兩邊的掌控權平均一點。」

我發出短促又乾巴巴的笑聲。「像什麼呢？」

「這個嘛，我確定你很會寫作，而且對編撰劇本很有興趣。」

我的脖子揚起一陣熱氣。

「你看了我給你的那部影片了嗎？」

「看啦。」我咕噥道。我把手伸進背包裡，把影片交給她。「謝了。」

她接過影片，可是目光還停留在我身上。

「那你覺得如何，這部影片？」

「還好啦。」我說。

她什麼話也沒說。

我聽得到我頭頂牆上的鐘滴答作響的聲音，外面接待區的電話響了起來。

「很棒。」我補充說明。「真的很棒。」

她的精神為之一振。「我好開心。這部片子是我最喜歡的電影之一。」

她的臉看起來生氣勃勃。她想起《鷹與男孩》影片中的場景了。

「我喜歡比利在課堂上寫東西那段場景。」我說，一面摩擦著我長褲上的一塊污漬。「還有他在原野上放飛紅隼，他的老師也來看的那一幕。我也喜歡那個場景。」

「柯倫，我也是耶。」芙萊雅點點頭。「這是你看過的第一部獨立電影嗎？」

「我想是吧。」我說。「我通常都是看驚悚片和有飛車追逐場面的電影。」

「我也愛看那些片子。」芙萊雅微笑了。「可是像《鷹與男孩》這種電影啊，嗯，比較深邃一點，你知道吧？」

「讓你感覺得到心裡頭的東西。」我喃喃自語的說。

「就是這樣，沒錯。會擾動你的情緒。你覺得裡頭的角色如何？」

「我真的不曉得耶，他們只是普通人，就跟我們社區裡的人一樣，我猜。他們有真實生活裡的問題，而且大部分都沒什麼錢。」

「完全正確。」芙萊雅在位置上往前挪了一點，兩手交握。「柯倫，看吧，這就是像《鷹與男孩》這樣的電影為什麼這麼強而有力的原因。它非常真實。」

「對呀。」我又往下看著自己的手。「它感覺很真實，就像以前我爺爺跟我說的那些他的生命故事。永遠都跟一般的、每天的生活有關，可是我很愛聽。」

芙萊雅慢慢的點了點頭。

「所以，我們在講表演藝術中心的比賽要寫什麼的時候，你說沒人會對這裡的人或這裡發生的事有興趣，我就想起像《鷹與男孩》這樣的電影，或是你爺爺的故事，這些都馬上就擊垮了你的理論。」

「對呀……」我抬頭往上看，給了她一個小小的微笑。

「你有很多東西要說，柯倫，很多東西可以給。」她拍拍自己的胸膛。「如果你可以把你在這裡感受到的東西寫在紙上，你就會有真的非常特別的作品，值得去做的東西。」

「我應該會試試看。」我說，於是，至少我待在芙萊雅辦公室這段短短的時間內，參加比賽感覺像是可以達成的事。

24

我從上這所學校以來，第一次在圖書館度過午餐時間。

我們在圖書館固定會上阿梅德老師的閱讀課，可是我知道傑克和哈利從來不會用自己的時間來，除非他們被強迫，所以我應該可以暫時擺脫他們一會兒。

我看見塞格獨自坐在歷史書區的一張桌子前。他抬起手，對他那桌一張空椅子點點頭，示意那裡沒人坐。

這裡肯定就是他每天午餐後都會來的地方——在這裡他可以確定自己不會撞上林佛德、傑克或哈利。或是我，我想是吧。

我搖搖頭，移到小說區，坐在沿著牆壁擺放的窄版長椅附帶的小凳子上。我還在懊惱他早上耍手腕踢那條狗的事，而且對於那件事透露出的、關於我自己的訊息，感到很不舒服。

圖書館員阿梅德老師走過，他拿著一疊書，仔細的看了我一眼。

「柯倫，很高興在這裡看到你。」他說，一面走了過來。他看了看我面前空無一物的桌子。「想找什麼好看的書嗎？」

「不是耶。」我說。「我只是想在這裡做點功課，謝了，老師。」

「沒問題，你目前正在讀什麼有趣的東西嗎？」

我搖搖頭。真希望他別煩我。

「嗯，如果你想要任何推薦，記得叫我一聲。我才剛進了一堆新書。」

他已經轉身離開時，一個想法跳進我腦中。

「老師，你這裡有《鷹與男孩》嗎？」

他轉過身來，露出微笑。

「啊，經典電影。原著是貝瑞・漢斯寫的小說。你曉得那本書嗎？」

「不知道耶，老師。」

「在這裡等一下喔。」他說。

兩分鐘後，阿梅德老師回來了，他遞給我一本平裝書，封面印著比利・凱斯柏的照片。不過這張照片裡他沒有比出勝利手勢，而是帶著他的紅隼。比利看起來兇猛又驕傲，就跟他的鳥凱斯一樣。

「把書帶走前，要記得登記唷。別忘了，放假期間，週二和週四的午餐時間，圖書館也會對學生開放，所以你隨時都可以過來喔。」

「好的，老師，謝謝。」

「如果你喜歡這本書的話，這裡還有更多這類的作品唷。」他說完這句話才走開。

我讓手指拂過書名的英文字母，然後才打開書，讀了一點有關作者的介紹：

貝瑞・漢斯出生於約克郡靠近巴恩斯利的一座礦村。他第一份工作是擔任礦場探勘員的助手。

他不是來自倫敦上流社會受過教育的作家這件事讓我目瞪口呆。書上沒提到好萊塢，也沒提到他父母是出版商或教授。聽起來他就像一般人。

「柯倫！」

我跳了起來，趕緊闔上書。

塞格瞥了書一眼，然後坐在我對面的凳子上。

「你有什麼事？」我皺起眉頭，很不高興他打斷我看書。

「不曉得你放學後想不想跟我一起走路回家。」他說。「我知道你對狗的事很生氣，可是我是絕對不可能踢牠的，你也知道吧。」

「你連假裝踢都不應該啊。」我說。

「我只是要讓你了解，讓你知道⋯⋯」

「對啦，我知道。」我突然打斷他，從凳子上起身。「我知道你要告訴我什麼，可以了嗎？我知道了。」我走向圖書館的桌子，回頭看著他。「放學後我會在學校大門邊跟你會合，可以嗎？」

塞格點點頭露出笑容，然後起身離開。

「所以，柯倫，你看過這本書改編的電影了嗎？」阿梅德老師一面掃描條碼一面問。

「老師，我看過了，我真的很喜歡。」

「我自己可能會利用暑假時間再看一遍。它會喚起我很多關於約克郡的快樂回憶。」

「老師，所以你以前就住在約克郡嗎？」

「喔，對呀，我是在博恩斯利長大的，就是《鷹與男孩》故事發生的地方。」他看著書的封面，自顧自的微笑。「我和爸媽從巴基斯坦到英國定居時，就住在那裡。我才三歲大。後來我到諾丁漢來念大學，之後就一直待在這裡了。」

所以，這不就讓阿梅德老師成了……移民？

「柯倫，不要這麼驚訝嘛。」他掛著笑容說。

「不是的，老師，我是說，我只是以為你是在這裡生的，我不曉得你是……」

我不想讓阿梅德老師不開心，所以就住嘴了。我感覺到自己的臉頰熱了起來，他微笑了，彷彿不知怎麼的明白我在想些什麼。

「老師，不管怎麼說，我都很高興你在這裡。」我設法說出了這句話。「如果你不在這兒，我們就不會有這麼好的圖書館。」

阿梅德老師笑了。

「我喜歡把這個國家想像成一間巨大的圖書館。」他伸出手臂，做出一個動作，把我們四周書架上的書都包括在內。「許多不同的文類和故事讓這裡成為一個有趣的地方。如果我們只囤積某一類的書，就不這麼好玩了。你不覺得嗎？」他微笑著把《鷹與男孩》遞給我。

「沒錯，老師，你說得對。我從來沒有那樣想過這件事。」我接過書，把書塞進背包裡。

現在我整個暑假都能擁有這本書了。

放學後，我在大門附近閒晃了一會兒，等著塞格現身。

一部分的我很希望也能在傑克和哈利離開學校前碰見他們。這是我放假前能見到他們的最後機會。

我想再試著解釋一次我這邊的想法，希望我們能修補這一切，在週末或什麼時間一起去球場踢足球。

我站在門柱後，略微避開一擁而出的人潮。十一年級生的襯衫上蓋滿了學生和教職員彩色原子筆簽名的痕跡，他們很快的經過我身邊，很興奮的最後一次用本校學生的身分步出校門。

一群女生拖著腳步經過，她們用手臂環抱彼此，看起來就像巨大的擒抱防守隊形。有些人在哭，可是還有些人一想到不必再和這個地方牽連，眼裡就充滿了閃爍的希望。

人潮消散，變成固定的一群一群人，最後只剩下零零星星的遊蕩者，和等著車子來接的人。

沒有塞格的身影。也沒看到傑克或哈利。

雖然天色看來像是快要下雨，我還是選了遠路回家。一部分的我想要完全溼透，好感覺自己煥然一新。不過，在心底深處，我知道光是幾滴雨，還不夠洗去我的煩惱。

我走到山下，轉進社區時，在表演藝術大樓外停下腳步。百葉窗都拉了下來，可是關於比賽的說明細節還固定在花稍的圍欄上。我望著海報後的塑膠框，看見大部分的報名表格都被人拿走了。說不定會有一大堆人參加，那些真的很棒的作家，還有看過所有正確類型電影的人。

垃圾桶邊一陣明顯的動靜吸引了我的注意，我沒把臉壓近欄杆去看，而是退到人行道旁，好看看垃圾桶後面到底發生什麼事。

「嘿！」我喊道。「誰在那邊？」

我就是在這時候聽見那個聲音。

引擎的聲音加大，發出怒吼，低音喇叭震耳欲聾的音樂聲。

我左右查看道路，想知道噪音是從哪裡傳來的，可是什麼也看不見。我聽見吼叫聲，像是有人正在爭執。有個人聽起來非常憤怒。

然後我聽見重重甩上門的聲音。

我從人行道退開，站到路上，好看見街尾轉彎處附近的動靜。

有那麼幾秒鐘，道路再度恢復寧靜，只剩下我身後杭亭頓街上微弱的車聲。接下來，是尖銳得不得了的輪胎摩擦聲、有力的引擎聲揚起，一團黑色的金屬直直衝向我。

在那一秒間我感覺自己動彈不得，我向後癱倒在人行道上，想著還好自己在那輛車撞上我前及時閃開了一點。

一陣灼熱的痛感和強烈的顛簸襲來，包圍了我的腿部和臀部。我耳邊充斥著砰砰作響的音樂，我緊緊閉上眼睛，龐大的銀色汽車保險桿急煞，與我的臉平行。

我張開眼睛。

我的臉頰壓在人行道粗糙冰涼的表面上。

近處有雜沓的腳步聲，一個高聳的影子就在我的身體上方。我看著就貼在我臉前的球鞋。有什麼東西在皮革表面閃耀著，可是我沒辦法讓眼睛的焦點集中夠久的時間，看不出那是什麼。

聲音、顏色、氣味……全部混合成一種不具意義、空洞的迷霧。

有人大聲喘氣。

我聽見有人講話、接著大吼的聲音，可是那些字句直接飄過，我沒辦法掌握，沒辦法理解他們到底說了什麼。

接下來……是一陣快速的移動。

我頭部附近出現一陣混亂的腳步，然後車門被甩上。引擎聲響起，我突然變成獨自一人，四周一片死寂，日光似乎明亮到灼熱的程度。

我閉上眼睛，低音喇叭聲逐漸褪去，最後消失在遠方。

我迷失在寂靜的被毯中。
然後整個世界變成一片黑暗。

25

我張開眼睛時，爸坐在我身旁。我在一張奇怪的床上。

不熟悉的房間空空曠曠，漆成白色。我聞得到消毒藥水和煮過的高麗菜味。

「柯倫！」爸跳了起來，按了一個呼叫鈕。聲音在我耳邊回響時，我皺了一下臉孔。

「謝天謝地，你沒事。」

我張開嘴想說話，可是我的喉嚨好乾、嘴唇破裂，只發出啞啞的怪聲。

我記得自己躺在路上，臉頰底下那種冰涼粗糙的感覺。

我記得轟隆作響的低音喇叭。

我記得腳步雜沓的聲音。

人們跑動的聲音。

我的腿部有一種悶悶的抽痛，感覺就像很糟糕的牙痛，可是那種痛沉進我每一根骨頭深處。

「柯倫，你在街上被撞倒了，是肇事逃逸。」爸輕輕的說。「那些可惡的懦夫把車開到人行道上。如果我能親手逮到他們，我一定會……」

「布魯克斯先生，我要量他的血壓，」一位護理師開朗的說，一面把一個高高的玩意兒推到床邊。「柯倫，真高興你平安無事。你讓我們都嚇壞了。」

我又發出那種啞啞的怪聲音。

「如果你想要的話，可以讓他喝一點水。」她對爸說，然後在我的上臂綁了一塊黑色的棉墊。

爸被派了一項工作，看起來很高興。他跳起來拿起水罐，在塑膠杯裡倒了一點水。他扶著我的頭部後方，我成功的喝了幾小口水。

水是溫的，嘗得到氯的味道，可是至少它溼溼的，從喉嚨後方一滴一滴的往下流，緩解了一點乾燥的痠痛。

我再度指著杯子，爸幫助我又喝了幾口水。

「謝了。」我的喉嚨發出一個刺耳的聲音。

「柯倫，你知道你為什麼在醫院嗎？」護理師問我。黑色的棉墊膨脹束緊，掐緊我的手臂。「你記得昨天發生了什麼事嗎？」

昨天？我感覺自己不過幾秒鐘前才在馬路邊閉上眼睛，然後在這個地方醒來。

爸已經告訴我肇事逃逸的事，不過我的記憶零零落落。

「我被撞倒。」我只發得出竊竊私語般的聲音。「音樂很吵。」

「警察希望只要你準備好，就盡快跟你談談。」爸說，一面盯著我的臉看。「不必擔心，可是我們要在這些傢伙撞倒任何其他人以前，趕快抓到他們。你有看到是誰開車嗎？」

護理師舉起一隻手。「布魯克斯先生，不要把他逼得那麼緊。他才剛剛張開眼睛，有太多事要消化了。」

爸露出不好意思的表情，閉上了嘴巴。

我想不起撞倒我的車，也想不起自己有看到駕駛的模樣。

我只記得那些聲音，還有我是怎樣感覺自己就像一隻小小貓一樣虛弱，單獨躺在排水溝蓋上。

爸一整天都陪著我。

他一直去樓下醫院的咖啡館吃東西，然後帶食物上來，在我房裡吃。我沒辦法吃醫院的食物，不過爸好像很喜歡。

我嚼了一點點乾吐司麵包，可是一點也不覺得餓。

所有的一切都消失在我臀部、大腿，甚至腿部無止境的抽痛後。不知怎麼的，我感覺自己變得比較渺小。比較渺小、比較安靜，就像我在這個世界上占據的空間變小了，而我周圍的生活依然持續著。

「柯倫，你得吃點東西。」爸說，他嘴裡塞滿了火腿和起司三明治。「你得保留體力。」

我不覺得自己的身體裡還剩下任何可以保留的體力。

下午茶時間後，醫生來巡房。護理師說我是醫生巡房名單上最先診療的患者之一。另一位護理師來到門邊，對爸做了一個手勢。他步出病房一分鐘，然後回到病房，帶著兩位警察。

「柯倫，這兩位警察先生想簡短的跟你談談。」爸說。「不用擔心喔，兒子。」警察先生們穿著制服象徵的重要性似乎填滿了整個房間。感覺就像我是做錯事的人。

「你好，柯倫。」禿頭的警員說。「我是波頓警員，這位是我的同事，查納警員。」查納警員滿頭亮眼的紅髮，臉上覆滿了雀斑，我幾乎看不到任何普通的皮膚。他對我點點頭。

「哈囉。」我用啞啞的聲音回答。

「我們得抓住這些低級的廢物。」爸震怒的說。「我們不能讓我們的小孩在社區安全的心臟外面的街上被撞倒。我真想親手抓到他們，然後……」

「布魯克斯先生，冷靜一點，拜託。」波頓警員對爸舉起手掌。「我們有絕對的信心能指認出嫌犯，可是我們還是有必須遵守的程序。現在我們可以繼續跟柯倫談話嗎？」

「對，當然沒問題。」爸的臉變紅了。「抱歉。」

他們問了我一堆問題，大部分我都沒辦法回答。

我看見那輛車了嗎？

沒有，我只聽見音樂聲。

是什麼音樂？

我不知道，只聽見低音喇叭的聲音。

我有看到駕駛或任何人嗎？

沒有，可是我聽到他們講話，其中一個人站在我旁邊，我看到他的運動鞋。

你能描述一下運動鞋的樣子嗎？

沒辦法，我不記得任何細節了。

他們總共有幾個人？

我不曉得。

他們說了什麼？

抱歉，我不知道。

波頓警員皺起眉頭，把記事本收進上衣的口袋裡。

「抱歉。」我又說了一次。

查納警員遞給爸一張名片，爸看來很失望。「如果令郎想起任何事，再請您撥個電話給我們，先生。」

爸送他們出去，他們在門外低聲談話時，我瞪著窗外看，真希望我能從這個地方飛走。看來不管這件事是誰幹的，都能逃之夭夭了。沒有目擊證人——至少沒人準備好要出面指認——我對這件意外毫無記憶，也沒有明顯的線索。

就像有人成功的完美犯案。

霍爾醫師又高又瘦，烏黑的頭髮油油亮亮的往後梳，穿著閃亮亮的尖頭鞋。他看起來與其說像是國民健保署的醫生，其實更像在政府最高機密實驗室工作的科學家。他像一陣旋風似的進入病房，身旁全是穿著飄動白袍的醫科學生，他們對我皺了一下眉頭，然後在記事板上潦草的塗寫著什麼。

「你的腿受到嚴重撞擊。」他說，翻閱著用線繩固定在我床尾記事板上的報告。「現在上面固定了很多鋼釘，好幫助你復原。希望你最近沒有打算要走過機場的X光檢驗機。」

他和爸互相交換了一個偷笑的表情。

「我們會繼續開止痛藥給你，不過好消息是：你的頭部沒有受創，所以明天就可以出院了。醫院會借你輪椅。」

「輪椅？」

爸打開一包洋芋片，塞了一把到他嘴裡。

「又不是永遠會這樣。」醫師訓了我一句，一面更替記事板。「可能只需要用幾天的時間，然後你就可以用拐杖行走短距離。這次算你好運。」

「謝了，醫師。」爸嚴肅的說。

「整個暑假嗎？」

「喔，看看是誰來了。」爸站了起來，把油膩的手在牛仔褲前面抹了一下。「柯倫，我們有客人喔。」

我把疼痛的頭小心翼翼的轉向門的方向，看見安琪和塞格移到一旁，讓醫生和隨行的人員出去，才自己踏進病房裡。

安琪彎下膝蓋，做出一個卡通式的表情，然後呆呆的對我彎曲手指。

「我們的小兵感覺如何呢？」她用很重又平板的口音說。「我聽說你整個暑假都會在家。我們可以一起烘焙和讀書，塞格會用輪椅推你去公園。」

我閉上眼睛數到五，希望這是我的幻覺，我只不過是在腦袋裡創造出這個噩夢般的情景，可是等我張開眼睛時，塞格就站在我旁邊。這下子，我全身的骨架，還有所有的一切，全都抽痛起來了。

「我們整個暑假都可以建造模型了。」他說。「我還可以放蕭邦所有的夜曲給你聽唷。」

「柯倫，你聽見了嗎？」爸把一隻手搭在塞格肩膀上，充滿期待的看著我。「你們兩個男生會很開心的一塊兒過暑假。」

他們三個站在一起咧開嘴對我笑，彷彿我被車撞倒是最棒的事情似的。

「我覺得我快要吐了。」我用啞啞的聲音說，爸抓了一個紙盤，舉在我下巴底下。

安琪和塞格去咖啡館時，我推開盤子。爸給了我一杯水，我喝了一小口。

「他們什麼時候要回波蘭？」我啞著嗓子問。「不過，等英國脫歐通過，他們可能還是得回來。」

爸對我瞇著眼睛，好像太陽正直射他似的。

「不，不會發生那種狀況。」他停頓了一會兒後說。「反正我對那些政治垃圾一點興趣也沒有。」

他搖了搖手指，送走我剛剛說的話，我知道這個話題已經結束了。

「我喜歡只有我們兩個人在家的時候。」我說。「我很想念那樣的時間。」

「我知道事情跟以前不一樣了，可是這樣也沒有那麼糟啊，對吧？」爸試圖說服我。

我聳聳肩。我看得出我沒有勝算；乾脆保持安靜比較好。

「安琪已經很喜歡你了，塞格也很棒，不是嗎？」

他現在沒繼續瞇著眼睛了，可是嘴角往下垂。

「柯倫，我不希望你像我這樣長大；我希望你能得到不同的東西。家庭什麼的——會讓你有堅固的基礎，你懂嗎？」

「我們已經是我堅固的基礎啦……」我咬住嘴唇。「你和我。」

爸嘆了一口氣往下看。「我虧欠你，兒子，我覺得，這麼常離家工作。」

「這以前從來不曾困擾你。」我的身體裡有一種惱怒。「你怎麼突然關心起這一切了？」

爸看著我的方式讓我馬上後悔自己表現得這麼粗魯。

「我不怪你對我這麼不滿意，兒子；是我活該。」爸看向窗外。「是安琪，你知道了吧。

我告訴她你在週間得自己照顧自己時，她嚇壞了。」

「還好啦。」我聳聳肩，感覺自己像個小小孩。「我還應付得來。」

爸搖搖頭。

「千真萬確。你花太多時間自己待在公寓裡了。你需要靠近人群。家人和朋友。」

像安琪和塞格？我不認為。

「而且我下了一點決心。」爸把胸膛往外鼓。「我已經決定這個暑假真的要努力多待在家一些時間。」

我看著他。

「柯倫，我是說真的。我要拒絕國外的工作，如果必要的話。現在情況不一樣了——」

他對著我毯子底下受傷的腿點點頭，「我該把想法付諸實行，做個你盡本分的父親。」

我以前就聽過爸的承諾了，目前為止，它們從來沒能實現多少。

我突然覺得好累，累到可以睡上一整個星期。我的眼皮像是用鉛做成的，很難撐開。過了幾秒鐘，我投降了，閉上眼睛。

我不曉得自己已經沉入睡眠中，直到我聽見爸的球鞋嘰嘰軋軋的摩擦著地板，他偷偷走出房間，在他背後關上門。

他一定是去咖啡館和他們在一起了。

我的腿現在抽痛得更厲害了。我需要再吃一次止痛藥，可是爸離開了，這裡沒有其他人能照顧我。

我鼻子不通，也許我得了重感冒。我感覺到一道溫溫的眼淚從側臉慢慢滑落，一直流向我的耳朵。我把頭轉向小窗，讓枕頭吸掉眼淚，我用力閉緊眼睛，不讓其他眼淚流出來。

我看見爸、安琪和塞格在外頭走著，他們穿過停車場，一起聊天談笑。他們看起來就像真正的一家人，我沒有被包括在內。

我一個人向來都還好啊。我很久以前就學會避免別人發現我時常獨自待在公寓裡。現在我卻希望有人可以在我身邊。關心我的人。只有在你不感覺心情低落時，才有可能當個獨行俠。可是安琪和塞格不是我盼望的人。

我試著吞下嘴裡酸酸的味道。

我為什麼突然想著如果媽還在這裡的話，事情會有多不一樣呢？

26

星期天早上，每個人都出現在醫院準備接我回家。

「你們不需要全都來啊。」他們出現在門邊時，我皺著眉頭說。真希望爸是自己一個人來。

「柯倫，我們是來支持你的。」安琪說。「家人和朋友就應該要這樣，對吧？」

可是安琪和塞格不是家人，而且我跟他們也沒有熟到朋友的程度。不過我知道他們是好意。

爸從走廊拉進來一台輪椅，把輪椅撐開。我把床單推向一邊，把兩條腿往前甩。一陣刺骨的疼痛從我的腳趾傳到臀部，我叫出聲音。爸往前伸出手想抓住我。

「彼特，等等，也許護理師應該要在這裡。」安琪走出門外，十秒鐘後，她帶著一位男護理師回來時，我滿心感激。爸盡全力想要幫忙，可是他有時候真的很沒概念。

「年輕人，你有幾星期的時間不能上體操課了。」護理師把手伸到我胳肢窩底下用他的肩膀負荷我的重量時，這樣開玩笑的說。「而且至少有一年不能上摔角課唷，知道吧？」

爸、安琪和塞格都笑了，我有一點壓力，所以給了他一個小小的微笑，可是實際上我還真想對他比中指。

又扭來轉去了一下以後，我成功的沉進輪椅裡。

我用手背按住上唇，抹掉上面潮溼的汗。我從來沒有經驗過這麼嚴重的痛感，痛到讓你流汗。直到現在。

沒辦法把痛轉移到其他人身上還真是可惜。我一度希望能把痛苦傳到塞格身上。可是他現在在這裡，盡全力想要幫助我，我變得不那麼確定了。

爸把車停在我們的公寓外。

「嘿，看看是誰在那裡。」塞格輕輕拍了一下我的肩膀，從廂型車後座小聲的說，他和安琪很不舒服的坐在後座。他對站在一台停好的車子後面一個身影點點頭。「是林佛德。」

我繼續望著林佛德現身，然後走到對街。

「那是你朋友嗎？」爸用手指著他，可是我聳了聳肩，把眼光轉向另一個方向。

爸堅持撐開輪椅時，我的臉燒燙燙的，我們再度大費周章的把我弄進輪椅裡。

我瞥向馬路對面，大吃一驚的發現林佛德就站在那裡盯著我們看。在我掙扎著要坐進輪椅時，他的眉毛皺得很深，雙手比之前更用力的插進口袋裡。我以為他會嘲笑我手忙腳亂的模樣，或是在跑開以前大喊什麼，可是如果他臉上說得上有什麼表情的話，就是非常擔心的樣子。

「柯倫，別理他就好。」塞格在我耳邊說道。

幾個住在街尾、年紀比我們小的小孩靠在馬路對面一面牆上盯著我們看，好像這是什麼免費的表演。他們後來移開眼光，彼此竊竊私語，還一起偷笑。

林佛德走過他們身邊時，把頭猛然抬高說了什麼。小孩們沒再繼續笑，頭也不回的跑掉了。

「柯倫，你坐在輪椅裡還舒服嗎？」塞格問我。

「對，我還好，謝啦。」我回頭看，可是林佛德已經不見了。我咬住嘴唇內側，向下看著我的膝蓋。我以為他是來笑我的，可是好像不是這麼回事。

爸把手臂搭在安琪肩上，他們看著塞格往前跨了一步。他瞎忙一氣的調整著輪椅，檢查輪子穩不穩、扶手扣牢了嗎，然後才握住把手，把我慢慢推向大門。他真的幫了我很多忙，可是我還是忍不住想著他其實八成是想要當掌控大局的人。

「讓爸來吧。」我告訴他。「他動作會比你快。」

「我沒問題。我正在幫助我的朋友。」他回答。

「小柯，塞格處理得很好。」爸說。「不必擔心。」

事實證明，進到公寓的過程是另一個讓人難堪的挑戰。

輪椅太寬，進不了前門，所以我被迫下來，在爸再次把輪椅收起來時靠著安琪。塞格和爸一人撐住我一隻手臂，半拖半背我進屋，我受傷的腿毫無用處的懸掛著，就像做壞了的木偶一樣。

「你坐下來以前要不要先去上個廁所？」我們經過安琪身邊時，她這樣問。

「不必了。」我回嗆。好像我要求她帶我去上廁所還是什麼的。

微笑從她臉龐滑落，她從我身旁走開。我張開嘴想道歉，可是這時候爸和塞格把我從輪椅上放進一張舒適的椅子，道歉的時機消失了。

爸轉開新聞，坐下來看報紙。我試著繼續讀《鷹與男孩》，可是塞格和安琪在廚房裡忙著，讓鍋盤發出乒乒乓乓的聲音，我發現自己很難專心。

他們用波蘭文聊天談笑，很可能是在嘲笑我的遭遇。

過了一會兒，他們的聲音降低了，我聽見他們熱忱小聲的交換意見。不管他們在談論些什麼，聽起來很重要，而且很神祕。

真希望我可以偷溜到門邊偷聽，看看他們有沒有用英文講什麼，可是我根本不可能靠自己從這張椅子上移動到別的地方。

我感覺自己的眼皮愈來愈重，在努力抗拒了幾分鐘後，我漸漸閉上眼睛，在過了二十分鐘後才突然醒過來。

爸在沙發上打瞌睡，可是他的半張報紙已經滑到地板上，嘴巴開開的。這種事以前會讓我大笑。我甚至可能會用手機拍張照，稍後好用來取笑他。不過，今天我卻因此感到頭更痛。

整間公寓瀰漫著我聞過最美味的香氣。雖然在醫院的時候完全沒胃口，此刻我卻開始流口水。廚房現在比剛才安靜，已經聽不到竊竊私語，只剩下餐具三不五時作響的聲音，接著安琪端著一個托盤出現在門邊，她咳了一聲。

爸突然驚醒。

「抱歉……」他揉揉眼睛，用手順了一下亂翹的頭髮。「我一定是不小心睡著了。」

「晚餐準備好了。」安琪鄭重其事的宣布，一面走向我這邊。「我覺得我們可以全部都在這裡用餐，這樣柯倫就不會一個人孤孤單單的吃飯了。」

我和爸總是拿著托盤在電視機前面吃飯；在這種小公寓裡根本沒有太多選擇。安琪講得好像一副我們走道盡頭有間時髦的餐廳，餐廳裡鋪著白色桌巾，桌上排著扎扎實實的銀器餐具似的。她在我面前放下托盤，我向下看著托盤上面又寬又平的盤子。

食物聞起來很棒可是看起來……很噁心。

我拿起叉子，戳戳盤子裡深咖啡色那團東西。乾乾癟癟的肉塊，挨在看起來像是灰色捲心菜的東西旁邊，揪成一團，讓人倒胃口。

我把叉子放回托盤，就在厚厚一片看來很怪異的咖啡色麵包旁，真像在放進烤箱前跟砂礫混合過似的。

「我幫你做了比哥斯。」安琪不死心的露出微笑。

爸和塞格面前現在也擺了托盤，他們已經開始大口吞下食物。

「裡頭有什麼東西？」

「比哥斯是為獵人準備的燉菜。」塞格滿嘴都是食物的回答，雖然我不是在跟他講話。

「這是波蘭的國菜。」

「好吃。」爸頭往下，發出呼嚕聲說著。

「對呀，它是——我覺得你們這裡會說是——很豐盛的燉菜，加了波蘭煙燻香腸、培根肉、酸菜，還有好多其他配料。」安琪解釋道，還以為我真的很有興趣。「可是我在諾丁漢這裡找不到波蘭煙燻香腸，所以只好用英國香腸了。」

我看了一眼好像裡頭加了砂礫的麵包。

「喔，當然，我也幫你烤了波蘭全麥麵包。」她對托盤熱切的點頭。「這是傳統的波蘭裸麥麵包，烘烤的時候加了各式各樣的種子唷。」

我們沉默了一會兒，我在等她再一次走開。到時候我會把盤子裡的食物攪動一下，這樣看起來會像我吃掉了一點的樣子。

「安琪，謝謝你。」爸說，眼神銳利的看著我。「我們真的很感謝你這麼費心。」

「對呀，謝啦。」我咕噥著說，希望我能乾脆吃泡麵就好了。

「柯倫，吃吃看嘛。」塞格鼓勵我，又剁掉一大塊麵包，把麵包泡進燉菜裡。

安琪嘗試對我微笑，可是有點笑不出來。她轉過身去，慢慢走回廚房，就像身上某些活力被抽掉似的。

我又向下看著托盤。

這些食物聞起來的確很美味，而且雖然看起來怪怪的，安琪剛剛也跟我確認了裡頭沒有什麼成分可疑的東西——像是野生刺蝟、松鼠，還是什麼我想像中波蘭人會吃的東西。那樣的事實，還有我已經幾天沒吃什麼東西這件事，讓我下了決心。我拿起叉子，戳了一小塊香腸。我看著黏黏的東西沾到叉子上。

「酸菜。」安琪回到房間裡，帶著她那盤食物在爸旁邊坐了下來。「發酵過後、切得細細的捲心菜。」

發酵過後？

我正準備再把叉子放下時，對上了爸那種經典的「這是你第一次，也是最後一次警告」的表情。

在我沒辦法再多想什麼以前，我把食物塞進嘴裡咀嚼起來。

我把食物吞下去，把叉子再度插進食物裡，又吃了更大一口。好吃到讓人欲罷不能的肉混合了酸菜和番茄的甜味。

真。是。太好吃了。

我看著每個人，就連爸也一樣，都把麵包剝成一塊一塊，蘸進燉菜裡吸肉汁。我也做了同樣的事。等我抬起頭的時候，塞格露出了笑容。

「你喜歡，對吧，柯倫？」他問。

「還可以啦。」我含含糊糊的說，爸從他的食物間銳利的抬起頭來。「我是說，真的很棒——謝了，安琪。」

「一點兒也不要客氣喔，柯倫。」她微笑的樣子好像我喜歡她的食物對她很重要似的。「我們這樣坐在英國的新家，一起吃著波蘭食物，感覺真的好幸福。」

她看著爸，他們對彼此露出微笑。

我在想如果不是因為安琪來到這裡，我可能連試都不會試波蘭食物。還有烹煮我們的中國菜外帶，以及去年我和爸去的那家時髦印度餐館食物的人……如果不是那些店老闆家裡某個人決定來到這裡，我們還有機會吃到那些菜嗎？

塞格對著我笑，我又吃了一大湯匙的比哥斯，然後回了他一個微笑。

27

星期一。夏日假期正式展開的第一天。

我應該大口吞下早餐，然後衝到球場，跟我的朋友整天踢球。可是我當然沒有。我比較在意準時吞我的止痛藥。

昨天晚上我八成只睡了幾小時。感覺就像塞格的朋友蕭邦正在我的腿部上上下下彈奏他其中一首夜曲——用一根大槌子。

「霍爾醫生說會有幾天苦日子。」爸說，好像醫生這樣說過一切就都沒關係似的。他把第二顆止痛藥從膠囊裡拿出來交給我。

「我們沒辦法拿到比這個更強的止痛藥嗎？」我配了一口茶，吞下第二顆藥。「我受不了整天這樣抽痛；我快要瘋了。」

「這些藥已經很強了……」爸檢視包裝上的標籤。「而且，每隔四小時你才能吃一次。」

太棒了。我每天的生活都會像火車撞成一團。

「我們讓你坐到椅子上吧。」爸轉身高喊：「塞格！」

幾秒鐘後，塞格帶著那副得意洋洋的表情跳了過來。

「彼特，我來了。」他簡直高興到快要飛上天。諂媚鬼。

他把我另一隻手臂搭在他肩膀上，兩人一起攙扶我經過走道，把我拖進客廳裡。

等我終於讓屁股靠在椅墊上時，早就滿身大汗，我的腿感覺就像著火了。

「今天我會幫你帶著拐杖。」爸說，一面把檯燈移到我身旁，把我那杯茶放在檯燈旁邊。「目前你可能還用不著，可是霍爾醫生說，只要你準備好，每天就可以開始拄著拐杖四處活動一下。」

一想到塞格在我旁邊像隻蒼蠅那樣轉來轉去時，我可以用拐杖敲他的頭，我就忍不住得意的笑了出來。不過一想到他一直試著要幫我的忙，就感覺自己有點糟糕。我忍不住想到，如果被車撞倒的人是他，我有沒有辦法像他付出這麼多關心……

「柯倫，那樣會比較好喔。」塞格用捲舌音說。「保持脖子抬高的精神（keep your neck up）。」

爸笑了。「是振作，塞格。你要說別灰心，振作一點（chin up）。」

「啊，謝謝你，彼特。有一天，我一定會弄懂你們奇怪的英國諺語。」

「你的英文很棒啊，小子——對吧，柯倫？」

「對啦。」我聳聳肩膀。「我想是。」

爸今天有些當地的工作，要晚一點才會回來。他在醫院時說他會多花點時間在家，好像是真心的。

他去工作時，安琪拿了煎蛋捲和一片番茄來給我當早餐。

我往下看著食物可是沒有碰。

「柯倫，你得吃東西。」她把手撐在臀部旁邊。

「我不想吃。」

她根本沒問過我想吃什麼。早餐除了穀片以外，哪有人會吃其他東西？不是那麼久以前，我還可以做自己想做的事。爸外出工作時，這間公寓裡由我做大大小小的決定。現在，別人的媽媽表現得一副她也是我媽的模樣。

「好嘛，吃幾口就好。」

「我。不。要。吃。」我不看她，她突然把餐盤收走。

「你知道嗎？你花這麼多時間自己一個人，脾氣變得很糟糕耶。」她開我玩笑。「還好你很幸運，現在有我們跟你作伴了。」

安琪去上班了，塞格安安靜靜的回到客廳裡。

我不曉得為什麼，可是我一直想著我的朋友們。林佛德、傑克和哈利——他們的臉孔輪流在我腦海裡出現，像一組撲克牌那樣。

「我可以在這裡拼下一組模型喔，在你的椅子旁邊？」塞格提議。「也許你會想看看它們是怎樣完成的。」

另一陣疼痛從我的臀部傳來，一路傳到我的腳，我咬緊牙關。

「或者也許我們可以……」

「你就不能讓我自己靜一靜嗎？」我突然暴怒。「我很累，我需要這些止痛藥開始生效。痛成這樣我甚至沒辦法思考，更別說是看你玩那些建築模型了，你就像一個很大的小孩。」

「當然可以。」塞格往後退了幾步。「你知道吧，你不是唯一會痛的人，柯倫。除了你自己，還有你覺得怎樣以外，你想過其他人的感覺嗎？」

我閉上眼睛，這樣我就不必看他，可是他的話在我耳邊回響，彷彿很想被人聽見似的。

早上過了一半左右，尖銳的疼痛感稍微緩解了一點。

我的腿現在不像被捶打過後又被刀子戳過，可是悶悶的抽痛又回來了，我開始擔心我是不是永遠都得忍受這種感覺。

我決定傳簡訊給傑克和哈利。

週五在社區中心被車撞了。不能走路，無聊斃了。你們在忙些什麼？

我刪掉「無聊斃了」這幾個字，因為那讓我聽起來有點悲哀。

社區裡壞事傳千里，所以我知道他們一定都已經聽說這樁肇事逃逸案。爸給我看了一段星期六的《諾丁漢日報》上的新聞。上面說，警方正徵求目擊者。

我故意讓簡訊的文字簡簡單單，可是我希望他們會對發生的事情感到好奇，想知道更多相關狀況。他們兩個人晚一點說不定會過來；他們現在可能已經對我們之間發生的所有事情感到非常後悔。

我把「不能走路」這幾個字改成「腿上釘了骨釘」。這樣聽起來比較厲害，而且比較痛。最好讓他們知道情況有多嚴重。壞事發生在你在乎的人身上時，你才會了解什麼是重要的。

週五在社區中心被車撞了。腿上釘了骨釘。你們在忙些什麼？

我送出訊息，然後等待。

接著繼續等待。

我瞪著椅子扶手上的電話。

螢幕依舊一片空白。沒有人回傳訊息。

28

塞格把他裝滿紙板、破破爛爛的行李箱拿過來。他很努力要逗我開心，雖然我覺得他很煩人，還是有點好奇。

「抱歉。」我在還沒仔細想清楚整件事前開口這樣說。「我是說，之前我嗆你。」

「沒關係，柯倫，我沒注意到。」他看著我。「過了一陣子以後，你就習慣了。我是說，身為旁觀者。」

我不知道該說什麼好。

塞格在我旁邊的地板上打開行李箱。他拿出一件一件的東西，把它們舉高對著光線，目光還瞥向我，看看我還是不是繼續看著他。真不知道他怎麼能把看起來這麼不起眼又扁平的東西創造成栩栩如生的結構。

「柯倫，你覺得我接下來應該要進行哪個計畫呢？」他說，即使我現在正閉上眼睛裝睡。「哈里發塔？還是艾菲爾鐵塔？」

「不知道。」我張開眼睛。「你選。」

「對，我想我應該自己選。」他對著自己微笑。「我應該蓋我想蓋的東西。」

他拿出幾張紙卡，把它們放在一旁，然後再把行李箱關起來。

我又閉上眼睛，可是每隔一會兒，我會把眼睛張開一丁點，這樣我看起來還是像睡著的樣子。

一個鐘頭後，塞格還在繼續組裝紙板。

他把一片片的紙板組裝在一起，在接續後面的步驟前，確認底座夠堅固，足以保持平衡。

我瞇著眼睛觀望他。他專心致志的盯著模型看時，舌頭吐了出來，眉頭皺成一團，他的手指很靈巧的創造著什麼，好把一塊塊拼圖組好。

我覺得他已經忘記我在這裡了。我覺得他除了手邊的工作以外，已經忘了所有的一切。這就是我在編劇本時的感覺：外面的世界在我心裡不復存在。

兩小時後，我張開眼睛，發現自己真的睡著了一陣子。塞格也不在房間裡了。

我深吸一口氣。就在我面前，矗立著一座黑色的塔狀結構，閃爍著小小的燈光。

是哈里發塔。

如果我站直，模型的頂端會與我肩膀的高度相仿。

「實物是兩千七百一十七英尺高。」塞格走了進來，手上拿著滿滿兩盤三明治和洋芋片。「比帝國大廈高兩倍，比艾菲爾鐵塔高三倍。」

「你怎麼會有那些花稍的燈光？」我大聲問他。

「喔，那只是建築裡頭的一盞燈而已啊，看到了嗎？」他拉出紙板最底下裝了一個小燈泡的地方。「是這一組模型的配件。只靠兩個電池讓整座模型發光。是眼睛的幻覺。」

它們看起來很像個別的小小燈光，可是現在近看時，我發現整座建築都是小小的圓洞，光線可以透進來。

「真聰明。」我喃喃自語的說。

我的胃看見食物就大聲呻吟起來。塞格把其中一個盤子放在我椅子的扶手上。

我拿起一個三明治。「謝謝你做了這些。」

「不客氣，柯倫。所以，告訴我，你覺得我的傑作如何？」

「還可以啦。」我滿嘴都是食物的回答。

「哈里發塔是全世界樓層最多的建築。」他繼續說道，用充滿敬畏的眼光看著模型。「你知道它的設計是受到一種沙漠花卉的啟發嗎？這種花名叫蟼蟹百合，長長的花瓣會從花心向下延伸？」

「不知道。」我說。「我不知道。不過你又怎麼會曉得這所有的事咧？」

「我對這個主題有興趣，所以發現了最有趣的事實。」

喔對啦對啦，我都忘了他有多自作聰明了。

「你知道關於電影的很多資訊，對吧？因為你對那些事很有興趣。」

「我猜是吧。可是我不懂你怎麼能花這麼多無聊的工夫建造這個東西。」我往嘴裡塞了一把洋芋片。「你的哈里發塔看起來很棒，可是那到底有什麼意義？我是說，你到底要拿它來幹嘛？」

「我會把它擺在架子上。」他單純的回答。

「對，可是我的意思是，那能做什麼嘛？」

對我來說還是像在浪費時間。

「我蓋那些建築不是為了任何目的。」塞格繼續說。「我享受的是抵達終點的過程。那才會帶來真正的滿足。」

聽起來像是我寫劇本可以採用的好方式。我應該要專注在過程，而不是結果。有方法的從蓋基礎結構時持續工作到炫目的成品出現。

這樣沒辦法贏得比賽這件事也不再重要了。

午餐後我得尷尬的忍受塞格協助我去上廁所。

「謝啦。」我在終於再度沉進椅子裡時咕噥道。我腿部的抽痛愈演愈烈，塞格幫我拿來更多止痛藥，還有一杯開水。

「還需要我幫你拿什麼東西嗎？」

我幾乎要為自己對他表現得那麼情緒化感到愧疚了。想起這件事情時，我正準備要說不。

「拜託把我的背包拿來。就在我床尾。」

他拿來背包，放在我椅子旁邊。

「柯倫，我得出門。」他說，「可是不會很久。你沒問題吧？」

「我當然沒問題。」我說。「我又不是完全殘障了，你也知道。」

塞格看著我毫無用處的腿，可是什麼話也沒說。

「我會沒事的。」我說。「去吧。」

我聽到後門關上的聲音時，馬上又拿起手機。我的哥兒們還是沒有回我訊息。

我聽見一個噪音——一種拖著腳步的聲音——然後外面出現一個重重的聲響。我把手機放回椅子的扶手，坐得很直，用力聆聽。說不定塞格忘了什麼東西回來拿。

可是他沒回來。

塞格沒有鎖後門，我又幾乎動彈不得。如果有人想進來偷東西或是攻擊我，我也無能為力。我應該要告訴他在出門的時候把門鎖上。

我想起前幾天的情況，林佛德站在外面、向上望著窗戶時，臉上憤怒的表情。我聽說過社區的幫派分子對某些人不滿時會用球棒打那些人的事……我也想到那種狀況。

接著，樓下有扇門碰一聲關上，然後所有的一切又再度恢復寂靜。也許只是貝克斯特先生把他的垃圾拿出去。我對自己過度旺盛的想像力笑了。我手邊的時間太多，沒有足夠的事情可做。

我向下抓起背包，把手探進去，摸索了一下，直到我的手指靠近芙萊雅給我的筆記本。我翻到乾淨的一頁，拿起一枝筆。

我已經有想法了，現在要用文字搭蓋出結構。

我把比賽的結果拋到腦後，感覺很自由，我可以寫我想寫的東西，不必擔心評審會不會喜歡，或是這樣有沒有符合其他參賽者的標準。

現在這些全都不重要了，因為，採用塞格稍早說的話，「我要寫我想寫的東西。」

塞格離開了幾乎三個小時。

他回來時，從門邊探頭看我。

我告訴他不必了，謝了，我不需要任何東西。

「你去哪兒了？」我問。

他含含糊糊的回答了什麼，就消失在我房間。在爸大概四點到家以前，他都沒再出現。

「兒子，你在幹嘛？」我在紙上塗塗寫寫時爸問我。

「只是在忙一個關於劇本的想法，」我說。「只是我自己想做的事。」

「這樣很好。」爸說，可是我看得出他感覺有點疑惑。

爸泡了三杯濃茶，高聲要塞格一起加入我們。真希望他不要來。我已經記不得上次只有我和爸獨處到底是什麼時候的事了。

「這個禮拜我有幾個當地的工作，所以如果你需要我，我就在附近。」爸說。「其實，我喝個茶以後要再出去。今天下午表演藝術中心又有人闖進去。他們要我過去一下，看看到底是怎麼回事。」

我豎起耳朵，放下我的筆。

「有沒有抓到那個人？」我問爸。「那個破壞者。」

「沒有，可是那一定是今天下午大白天的時候發生的，莎莎午餐後鎖門的時候，一切顯然都還好好的。」爸說。「她告訴我，如果他們沒抓到那個罪魁禍首，就可能會失去補助，如果發生那種狀況，他們甚至可能關門大吉。無論如何，我會去看看損害的狀況。」

我抬頭看見塞格站在走廊邊聽我們說話。

「我可以跟你一起去嗎？」我對爸說。「我還沒坐輪椅出門過。」

爸看著我。

「兒子，我覺得要回到那裡去實在很難，」爸用緊繃的聲音說。「那些——那些膽小鬼就在藝術中心外面冷血的撞倒你。那裡可能會喚醒你的記憶。」

我看著爸的手握緊了拳頭又鬆開。

「也許會，」我試著說服他。「可是表演藝術中心就在附近，我又不可能永遠避開。」

「我知道。」他嘆了一口氣，用手揉了揉他的額頭。「可是這樣可能有點太早了。等他們抓到幹了這件事的人，你可能會感覺安全一點。就是這樣。」

「只要跟你在一起，我就會感覺安全。」

爸聳聳肩。「那好吧。」他說。「如果你真的希望這樣的話。塞格，你也想一起去嗎？」

「不了不了，謝謝你。」塞格很快的回答，然後往後退了一步。「我還有些功課得做，可是謝謝你問我，彼特。」

「爸，他整個下午都在外頭。」我說。「不是嗎，塞格？」

「對。我得幫媽媽辦些事情。晚點見囉，兩位。」他說，隨即消失在我的房間。

我不懂為什麼爸一提起到藝術中心去的事塞格就閃得這麼快，可是一想起這件意外事故，所有的記憶全部消失無蹤。我沒跟爸提起，不過我希望我再看到那個地方時，可以喚醒自己的記憶。

警方好像還沒有任何線索，但是一定有誰會知道什麼吧。不管睡覺或做任何其他事情，痛感都會襲來。為什麼這個案件的罪魁禍首可以逍遙法外？

而且有人闖進藝術中心。如果那個人跟這場意外有關呢？

一抹記憶閃現，一個聲音，掠過我心頭，可是才剛剛出現，立刻又消逝了。

我又抬頭看著站在走廊的塞格，他在地板上輕彈他的腳，一面望著我。

最後爸總算把我弄出公寓，放進輪椅裡。塞格幫了忙，可是在我們準備要離開時又消失了。

「如果只有我自己，現在早就已經去一趟又回到家了。」爸抱怨著。

「對啦，好啦，抱歉讓你這麼麻煩，可是你也不會喜歡日復一日的困在公寓裡啊，對吧？」我皺起眉頭。「你不會懂那是什麼感覺。」

「兒子，我知道，可是我又不會去很久。」

不會啦，只是，整個討厭的暑假而已。

一想到發生的事，還有撞我的人就在外頭一如往常的生活，我的胸膛裡就像有什麼東西咕嘟咕嘟的冒著泡泡。我緊緊抓住輪椅的扶手，讓指尖深深的陷進閃亮亮的塑膠座墊裡。

爸沿著街道推我的輪椅，一面吹起口哨。

「我在想，」我說。「如果闖進藝術中心的人，知道什麼關於是誰撞了我的事呢？」

「你為什麼會那樣聯想呢？」爸回答。

「只是一個念頭而已。」我聳聳肩膀說。「不過你可以幫我跟波頓警員說一聲嗎？」

爸停下腳步，轉身站在我的輪椅前面。

「兒子，你想起什麼事了嗎？」爸蹲下來研究我的臉。「任何事情……任何我們可以告訴警方的事都可能會有幫助。就連你覺得可能沒什麼幫助的資訊也是……」

「爸。」我嘆了一口氣。「冷靜。我只是在建議這樣可能會有幫助。」

「我知道，可是這件事實在讓我抓狂。」爸站起來的時候搥了一下輪椅的扶手，讓我也跳了起來。「抱歉，真的很對不起，柯倫。只是……想到罪魁禍首還逍遙法外，嘲笑著我們。我實在受不了。」

爸的臉看起來滿是皺紋又十分疲憊。

「我知道，」我安靜的說。「我知道。」

「這是莎西雅．韓小姐，中心的經理。」爸把我介紹給一個矮矮胖胖的女人，她掛著大大的微笑，卻一臉緊張的模樣。我認出她就是最近關於劇本比賽的聚會時我看見的那個打開中心大門的女人。「莎莎，這是我兒子柯倫。」

「拜託，叫我莎莎就好。你爸爸告訴我那樁肇事逃逸的案子了，柯倫。那真的太可怕了，我們已經告訴警方要設法讓大門外變得更安全才行。」她伸出手來，我握了握她的手。

「我想我以前在這裡見過你，對吧？」

「我參加過聚會，」我說。「關於劇本寫作。」

爸看我的模樣好像我正在說日文還是什麼其他語言似的。

「啊，對了，劇本比賽。」莎莎露出微笑。「你要試試看嗎？」

「不知耶……」我聳聳肩膀。

「看來似乎是很適合你參加的計畫，在你的傷勢復原以前，」莎莎說，然後把注意力轉向爸。「要是你可以加強窗戶的安全就太好了，彼特，請到處看看，查看一下安全上有沒有明顯的漏洞。」

「你這裡有閉路電視系統嗎？」爸在門廳裡到處查看。

莎莎皺著眉毛搖搖頭。「恐怕我們的資金還沒有延伸到那個部分。目前他們正在審核我們一筆大的款項，如果通過，我們就可以立刻改善安全系統了。」她的臉龐因為講起那個可能性突然亮了起來，但她的眼睛很快又變得黯淡。「兩週後他們就要來進行評估了，這樣我們就沒辦法拿到區域裡最好的設備。如果他們來拜訪時發現中心被破壞和闖空門，我很怕我們的機會就會這樣溜走。」

「可能只是放學後沒事可做的小孩幹的。」爸皺著眉頭說。

「只是，警方說這不是無聊的當地小孩幹的，而且這種狀況已經連續好幾個禮拜發生了。」莎莎的臉垂了下來。「他們認為我們面對的是有組織的蓄意破壞。」

「為什麼他們會那樣想呢？」

「這個嘛，因為不管闖入者是誰，似乎把目標對準某些區域，破壞了主要資訊設備和音響器材，讓我們愈來愈難繼續我們的工作。」莎莎嘆了一口氣。「可怕的是，沒有任何強制進入大樓的跡象，所以我們甚至不知道他們是怎麼進來的。唯一的解釋就是那個人有鑰匙。」

我還沒能想得更清楚以前，就打斷了他們的談話。

「莎莎，我知道這樣聽起來很瘋狂……」我說。他們兩人都轉身看著我。「可是我覺得我可能知道他們是怎麼進來的。」

「他在這裡，我們的英雄！」爸在我們抵達公寓時宣布。他幫助我上樓，然後又讓我坐回椅子上。

安琪回到家了，她走進走廊，露出微笑。

「我們的柯倫剛剛解決了社區中心闖空門的謎團，」他驕傲的說。「他發現一件就連警方都無從偵查到的事。」

我的臥室房門打開了，塞格一臉不高興的靠在牆上聽著我們的談話。

我告訴安琪我是怎麼發現某人在中心的側面躲躲藏藏，就在垃圾桶附近。

「所以，等我和莎莎去查看的時候——」爸接著這個故事說下去——我們發現了什麼？最大最重的垃圾桶後面，原來有一個小小的、通往地下室的入口。看來像是有個工人可能在某個時候忘記上鎖了。」

「他們就是這樣進去的。」我插嘴說。

「太棒了，做得好，柯倫！」安琪露出笑容。

爸輕拍我的頭，好像我是一隻表現得很棒的狗狗，他們在公寓裡忙東忙西，把擋路的東西移開，好讓某人可以把我的輪椅推進客廳時，塞格悄悄走到我身邊。

「柯倫，你真棒，」他帶著淡淡的笑容說。「你還真像偵探呢。」

他在假裝佩服，可是我看得出他不是真心這樣覺得。

我突然想起，在發生意外那個下午，我原本跟他約在學校門口見面，準備一起走路回家。可是，當然啦，他並未出現。

他很幸運。那台不知道從哪來的車突然加速出現在我面前時，他原本應該跟我在一起的。

我沒辦法不納悶塞格上哪兒去了。我在那台車的輪子底下時，他在哪裡呢？

我抬頭想問他時，正好看見臥房的門關上了。

爸點心時間決定吃薯條，所以我們可以吃正常食物，而不是波蘭食物。

我們全部快速解決炸魚薯條時，爸清了清喉嚨。

「對了，我們有事要跟你們兩個說。」他說。「安琪？」

安琪向下看著她的手，塞格和我則面面相覷。

「我得回波蘭一趟，」她用很小的聲音說。「我爸爸，他生病了，需要……」

「賈戴克病了？」塞格跳了起來。他的發音像是賈—戴克。聽起來就像他在睡夢中講的那些怪字。「媽媽，我要跟你去。」

他衝過去坐在安琪旁邊。

「不行，塞格，這次我不能帶你去。賈戴克在醫院裡，有很多事要做，很多檢查。也許等他好一點的時候，你可以……」

「不！我得跟你一起去。」

安琪兩手一攤，很不開心的看著爸。

「塞格，好了好了，小子。聽你媽媽的話，她知道怎麼做對你最好。」

塞格瞪著爸，然後瞪著他媽媽，接著怒氣沖沖的走出房間，在途中打翻了安琪那杯酒，最後在他身後重重甩上門。

爸爸驚訝得合不攏嘴，我感覺到一點扭曲的滿足，他終於見識到塞格的另一面，到目前為止，那一面似乎還只有我看過。

如果塞格有隱藏的一面，或許安琪也有。我是說，時間這麼短，爸到底真的了解她多少？他們之間的事似乎升溫得非常快。前一分鐘才在工作時相遇……下一分鐘就搬進這裡了。

爸不是笨蛋，但是我知道一部分的他非常寂寞，在媽的事以後。

世界上就是有些人懂得怎樣利用這種狀況。

安琪和爸都到臥房去，試著跟塞格談話。安琪十分鐘後哭著出來，把自己關在爸臥室裡。

「他一直把棉被拉到頭上，連看都不看我們，」爸回到客廳時這樣告訴我。「你可以過去看看能不能跟他談一談嗎，柯倫？」

「我？然後要說什麼？」

「你會想到話講的。這件事對他來說很困難，你知道的，」爸說，好像這件事不知道怎麼回事是我的錯似的。「安琪不在的幾天，我沒有多少工作，所以好消息是我們三個可以一起做一些男人的事。星期四我會回家幫你過生日。」

我們三個一起？還真棒。

至少他還記得接下來這星期是我生日，多少算是一個改變。

爸協助我一跛一跛的用拐杖走到房間。拐杖撐在胳肢窩下，壓著我瘀青的皮膚，感覺笨重又痠痛。我只能忍耐用它們支撐個幾步而已。爸讓我坐在床尾，然後一個字也沒說就走了出去，在他身後關上房門。

我看得出塞格在棉被下的輪廓，可是他用棉被把自己完全蓋住了，只看得見枕頭上一撮頭髮。

我的腿抽痛得非常厲害，讓我甚至沒辦法試著跟塞格說話。我閉上眼睛，等待抽痛的感覺消失。

我唯一能做的，只有專注在呼吸上，直到疼痛稍微緩解一點。我感覺很不舒服又很熱，連一根肌肉都不敢動，生怕痛感繼續加劇。

我望向塞格的書架。哈里發塔就坐落在帝國大廈旁邊。此刻它的燈光沒有一明一滅，但還是讓人印象深刻。

我想起我開始寫的那些關於劇本的筆記。現在我已經記下主要的想法了，正開始構思角色。

幾分鐘後，塞格把棉被往下拉了一點，向外看著我。

「柯倫，你還好嗎？你看起來臉色蒼白。」

「是嗎？欸，如果是你痛成這樣，說不定會昏倒。」

這時候我想起我應該要試著對他好一點點。

「我真的可以理解，因為我現在也很痛，」他輕柔的說。「心痛也可能讓人難以承受。」

我不知道該說些什麼。

「你在學校的時候看見賈戴克的照片了，對吧？」

「對呀。」我聳聳肩膀說，記起他背包裡那張被林佛德揉得皺巴巴、亂丟到一旁的照片。

「照片裡的他還很年輕。他很強壯，是祖拉柯維斯基家族的家長。柯倫，自從我有記憶以來，賈戴克一直守護著我。」

我想起爺爺，當我開心時他是怎樣在我身邊，當我難過或煩惱時更是永遠都在。我可以跟他聊任何事，不知怎麼的，我們就是能理解彼此。

「現在換我守護賈戴克了，現在他有這樣的需要，你懂嗎？」

我的確懂。

最後爺爺沒辦法呼吸了；驗屍官記錄的是「慢性支氣管炎，加上呼吸併發症」。他之前已經病了好幾個星期，爺爺像一位士兵一樣努力作戰，直到最後不敵病痛的折磨。

我以前會在上學途中去探望他，每晚回家的路上也是。我和爸會照顧他，加上每天的居家訪視，爺爺一直在自己家待到最後。待在他感覺安全的地方，對爺爺來說真的非常重要。老年人不喜歡改變；他們喜歡坐在自己的回憶中繼續生活。

「好幾十年的樂趣和歡笑就迴盪在這幾面牆壁間，」爺爺以前會這麼說。「只要用力聽，我還聽得見你奶奶的聲音。」

奶奶和爺爺婚後一輩子都住在那間屋子裡。雖然奶奶過世後，屋子對爺爺來說太大了，爺爺說他絕對不會搬走。他真的沒搬。他在爸出生的同一間臥室裡嚥下最後一口氣。

「我了解。」我安靜的對塞格說。

「真的嗎？」

「你知道吧，我也有感覺的。」我說。

「對，我現在看出來了。」塞格點點頭。「可是你一直把感覺藏得很好，直到現在，柯倫。」

這個傢伙還真夠厚臉皮的。

「我要跟媽媽一起回家，讓賈戴克知道我就在他身邊。她不該阻止我。」

「塞格，我的感覺就跟你一樣，坦白說要是我的話也會回去。」我說。「可是他聽起來像是自尊心很強，你的老外公。他可能不想要你看見他這麼不舒服的樣子。也許他最好先得到他需要的醫療幫助，然後等他感覺自己比較強壯一點了，你再回去。」

塞格皺著眉頭考慮我的話。

「也許你說的話才對，柯倫。」他說，雙眼望向遠方。「如果我們不要來英國，我就不會遇到這樣的問題了。那樣的話，此刻我就會在賈戴克的床邊。」

「那倒是真的。」我表示認同。

我忍不住想著他們在匆匆忙忙趕來這裡以前就該想到這一點，可是就這麼一次，我決定閉上嘴。

「我早就跟媽媽說過我不想離開華沙，我不想跋涉九百二十八英里，到這個地方來。」

「你的意思是說你其實不想來這裡？」我一直相信我在爸的報紙上看見的頭條新聞，就是東歐人全都搶著要到這裡來，還有林佛德總是不斷重複的那些說法。「那為什麼你媽還是讓你過來？」

「我們家變得很危險。」塞格聳聳肩。「我爸，他很暴力。他傷害了媽媽，傷害了我。他也傷害了我們的寵物。媽媽以前就離開過他一次，可是他找到了我們，打斷她的手臂。」

「你們有沒有去報警？」

「有，警察發出了逮捕令，可是你在害怕的時候，不容易相信人們會幫忙，就連警察也包括在內。」

「你們怎麼辦？」

「我們逃跑了，在一個新的地方重新開始，可是每天晚上我們都害怕到不敢睡覺。媽媽又給了他一次機會，但事情又發生了。她就是在那時候說我們得到英國來。」

在他描述他們的日子時，我覺得脖子後面刺刺的。我真的不知道這些事。

「可是我還以為你們只是想……」

我用力閉緊嘴唇。我已經說太多了。

「社會福利、社會住宅、搭免費公車，就像你朋友林佛德說的那樣？你們真的認為這些對我們來說會比我們的家、我們的家庭更吸引人？」

我往下看著地板。

我們都沉默了一會兒。

「我全心全意的希望自己能回到那裡。」塞格說，他的聲音平板又空洞。「我們家。」

他的眼睛看起來黝黑又閃閃發光。我不確定自己應該說什麼話，才能讓他感覺好過一點。我想了想自己之前那些臆測，垂下了頭。

「你還是要回去？」我說。

「對，我還是會回去，就算媽媽和我在那裡的時候感覺那麼害怕。我不想離開我深愛的華沙。我不想離開我最好的朋友保耶、我的兔子和我的狗。我不想離開我們森林邊的小房子，每天早上，松鼠都會到我們的窗台來吃早餐。」

一滴眼淚沿著他的臉頰邊滑落，留下很明顯的一道溼溼的淚痕。我把眼睛別開。

「最重要的是，我不想離開賈戴克。」

他最後終於拋開棉被，在他床上坐了起來。

「聽起來你最好還是到這裡來，朋友。」我說。「至少待到情況變得安全的時候為止。」

塞格咬著嘴唇，彷彿正試著要尋找正確的措詞。

「可是我家在這裡。」他輕拍自己的胸膛。「它就在這兒，就算你搬走或是生活得不如意。是你將來有一天想要回去的地方。」

我想著阿米麗雅和塞格。他們的家是他們愛的地方；對我來說，家是我等不及想要逃離的地方。

★

外景．夏天——卡巴提，華沙——白天

小小的、一層樓的分離小屋矗立在一片森林邊緣。兩扇窗、一扇門和紅磚屋頂。森林邊緣到處點綴著類似的小屋。

一排洗好的衣物在微風中輕輕擺動著。鳥鳴聲。森林後方的馬路上車輛傳來的聲音。偶有一個女人的歌聲透過窗戶飄散過來。除此以外，一片寂靜。

男孩一和男孩二——他最好的朋友，一起晒著大太陽坐在屋前的草地上。他們正在組裝一棟建築。

男孩二

嘿，輪到我了！

男孩一

等一下嘛，我的朋友。要有耐心呀……記得，我可是超厲害的建築高手！

一條腿很長的黑狗跑過，撞翻一部分男孩正在蓋的建築。

男孩一

嘿，貝倫！壞狗狗！離我的傑作遠一點，我會很感謝你。

狗狗轉身狂吠，一面猛搖尾巴。

男孩二搖搖頭，翻了一個白眼，兩個男孩都笑了。

男孩一

這就是我的瘋狂小狗，可是他就像我的兄弟一樣。我的狗兄弟和最好的朋友。就跟你是我最好的朋友一樣。

男孩二點點頭露出微笑，他撿起一根小棍子，把棍子拋了出去。狗兒發出吠叫聲，跑去追棍子了。

男孩二

你也是我最好的朋友。

男孩一

〈咧嘴笑了〉

我知道你在想什麼。有人會說任何話，只為了有機會可以蓋東西，對吧？

男孩二

〈嘻嘻哈哈的大喊〉

沒錯！可是你又能怎樣？

男孩二跳起來大笑、跑到森林邊緣。

男孩一大笑著跳了起來，開始跑向他朋友。男孩們大喊大叫，在樹木間相互追逐。

一陣隆隆的引擎聲讓兩個男孩停了下來。他們安靜下來，面面相覷。男孩一的臉龐失去了血色。

他們衝到旁邊一棵樹後，看著一個穿著格子襯衫和牛仔褲、身材結實的男人步下一輛吉普車。車子敞開的車廂裡，有新鋸下來的樹幹。

男人從吉普車跳下來時，狗兒跑過去跟他打招呼。男人踹了狗兒一腳，狗狗發出哀鳴，一跛一跛的離開了。

男人站著不動，瞪著男孩一在前面草坪上的建築計畫。他滿臉通紅，大汗淋漓。他皺著眉頭，從厚實的手上抓著的啤酒罐裡喝了一大口啤酒。

男人

〈把頭往後仰，大吼著說〉

這個垃圾擋在這幹嘛？留給誰整理嗎？小子在哪裡？

女人從屋裡衝出來，在毛巾上抹乾雙手。

女人

〈很緊張的〉

噢！你這麼早就到家了！

男人

〈臉色一沉〉

是嗎？男人不能在自己高興的時間回家嗎？還真好的迎接呀。小子在哪兒？

女人的眼睛瞟向森林邊。她轉回來面對男人，露出緊張的微笑。

女人

我好高興看到你這麼早到家！進來嘛，比奇。我準備了冰的檸檬汁，而且剛剛才把蛋糕從烤箱裡拿出來。

男人

〈大聲吼叫〉

你聾了嗎，女人？那個沒用的小子在哪兒？

他又痛飲了最後一口啤酒，然後把啤酒罐扔進草叢。

女人

〈快哭出來了〉

他……他和朋友在一塊兒，比奇。我想他們去散步了。拜託你不要……

男人
〈握緊拳頭〉
拜託不要怎樣？不要教訓他？那也許我該教訓你，蛤？

他慢慢走向女人。她緊緊閉上眼睛，可是沒有移動。

男孩一從樹林間走向前。

男孩一
〈很安靜的，垂著頭〉
我在這裡，爸爸。

男人停下來不再走向女人，轉身面對男孩。

男人
喔，現在你已經準備好要像個男人一樣面對我了。不是在樹林間跑來跑去，像個小嬰兒，跟你的……小朋友。

男孩二在男孩一耳邊輕聲說了什麼，然後就一溜煙跑進樹林裡。

男人對屋子外的建築點點頭。

男人

你留了一堆亂七八糟的東西給你媽清理。

男孩一

爸爸，建築還沒完成。我只是……

男人

〈發出含糊不清的聲音〉

你弄得亂七八糟。

男孩一

我很抱歉，爸爸。我現在馬上就清乾淨。

男孩一走過他身邊時，男人突然出手，抓住他頭部側面。男孩一失去平衡，摔倒在一旁。

女人

〈哭泣〉

你傷到他了！

她跑過去幫忙兒子。男人怒不可遏的走向他們。

場景切換至：

樹木溫柔的在微風中搖曳。不同形狀與不同深淺的綠葉襯著藍色天空。

傷害的聲音。掌摑聲。重擊聲。男孩放聲大喊。女人尖叫。

鳥兒四散，一隻松鼠逃到樹上。

接著是甩上車門的聲音。引擎加速。

場景切換到：

男人跳回他車上駛離。沙塵從黃土路上揚起。接著，一片靜默。

場景切換至：

男孩一和母親坐在草地上環抱著彼此。女人的鼻子正在流血。狗兒一跛一跛的走到他們身邊，用口鼻摩擦男孩的臉。

女人

〈哭泣著〉

這次我們必須離開了，兒子。現在就走，在他回來以前。

男孩一

〈警覺的，輕撫狗兒的頭〉

可是……我的朋友怎麼辦？貝倫和賈戴克怎麼辦？媽媽，我們不能再逃跑。

女人

〈瞪著虛空的地方〉

我們沒有選擇了。我們把貝倫帶去賈戴克家，然後我們必須離開這裡。

男孩一
我們要去哪裡？

女人
去英國，我們一直計畫要去的地方。塞格，我保證，有一天，我們會回到這裡。有一天，我們會回家。

幕落。

29

第二天，我們醒來時，安琪已經上網訂好機票，爸已經起床穿好衣服，準備要載她去東密德蘭機場。

塞格跟他媽道別時，我待在房間裡。他回到房間時，眼睛紅紅的，一直吸鼻子，好像感冒似的。

一整個晚上，塞格的劇本都在我腦海裡打轉。它在我喉嚨後面留下一種酸酸的味道，就像我在睡覺時試圖吞下所有我曾經說過的那些壞話，還有自從他抵達英國後我看過的、所有那些對他做的事。

我希望可以收回那所有的一切，現在我知道實情了，可是我不曉得該怎麼做。

安琪在離開前把她的手放在門上。

「柯倫再見。我很快就回來。」

「安琪，掰掰，旅途平安。」我說，而且我是真心的。在塞格告訴我所有的一切以後，我想起她可能會遇到危險。

他們離開以後，塞格協助我穿好衣服，最後我們終於進到客廳。

兩小時後，爸帶了麥當勞的甜甜圈和香草奶昔慢慢晃回來。

「謝謝你，彼特。這真是豐盛的款待。」塞格拿了一些盤子進來。他的眼神看來很遙遠，可是我看得出他正努力試著對他外公的事表現得勇敢。

「柯倫，我照你要求的那樣打電話給警方了。」爸遞給我一個甜甜圈說。「我跟查納警員談過了。他做了紀錄，可是他不認為闖空門事件和你受傷有什麼關聯。」

我的胸中湧起一陣惱怒。「他怎麼曉得？如果他沒抓到闖進中心的人，根本沒辦法確定。」

爸沒回答。我有一種燃燒的衝動，想出去挨家挨戶敲門問問題。什麼都好，就是不要坐在這裡，一點用處也沒有，只能依賴別人。

爸遞給我一個放了吸管的紙杯，我仔細看著他。為了某種原因，他避開了我的眼睛。我以前也看過他這個樣子，認得這些徵兆。他有什麼不太想告訴我的話得說出口。

「所以，你今天為我們計畫了什麼『男人的事情』咧，爸？」我輕輕推了他一下。

塞格原本把他的甜甜圈撕成一小口、一小口的分量，現在抬起頭來。「男人的事情？」

「對呀，爸特別把行事曆排開，好在你媽不在的時候跟我們多一些時間相處。」我用手背抹了一下下巴上沾到的果醬。

「彼特，這倒是好消息。」塞格似乎提振了一點精神。「也許我們可以去打保齡球？」

「嗯，當然，原本是那樣計畫的，可是……」爸結結巴巴起來。他的眼睛在房間裡游移，試圖設想最好的方式丟出他想說的話，我感覺得出來。「可是，我怕那不會是今天或明天。」

「今天或明天？」

他不會是認真的吧。我還以為他真的改了。

「我接到一通電話，得從機場開車回來。」他解釋道。「柯倫，出現了一個很棒的工作；它真的可以幫助我們的生活。我發誓這是最後一次了——是最後一個工作了。」

「你的意思是說，直到下一個『很棒的工作』出現以前。」我反駁。「爸，我相信你的話耶。你說你會因為我留在家裡，我竟然笨到相信你講的。」

「我每個字都是認真的，兒子。」爸的臉沉了下來。如果不是我這麼了解他，我或許會相信他是真心覺得難過。「我不必再像以前那樣為了錢做那些躲躲藏藏的工作了。現在安琪和我平分帳單，事情變得簡單多了。我只需要做光明正大的工作，不需要再躲躲藏藏了。」

「那你為什麼還要做這份工作？」

「因為我已經答應了——而且，它能一勞永逸的幫助我們好好安家。我們只需要開車到法國去幾……」

「法國？」就我記憶所及，爸的下一項工作永遠都會幫助我們「好好安家」。當然，這樣的工作從來不曾像他希望的那樣大賺一筆。

「只是需要去收一些東西，然後帶回英國。」爸說，就像他只是開到馬路底，我不應該這麼大驚小怪似的。

「希望不是毒品吧，彼特？」塞格說，臉上滿布著關切。

我很想大笑，可是我在生爸的氣，不想讓他覺得他可以輕輕鬆鬆就找到託詞。

「塞格，你也對我多一點信任吧。」爸皺著眉頭說。「不是毒品，不是。」

「那是什麼？」我不留餘地的追問。我受夠爸一直唬人、那些只說了一半的答案。他是我爸。我應該知道他是怎麼賺錢的。他已經承認他會躲躲藏藏，乾脆坦白說實話算了。

「是設計師手提包，如果你得知道的話。」爸回答。

如果有人問起，就告訴他們我在做進出口業，我記得爸是這樣說的。

這時候我想到了。

「爸，這些手提包是偽造的嗎？」

爸本來在吃甜甜圈，突然警覺的抬起頭來。

「那個詞是什麼意思？」塞格問。「偽造？」

「意思是假的，」我說，一面看著爸。「而且假的設計師手提包不只需要閃閃躲躲，根本就是違法。」

「我之前太笨了，我知道，可是我不需要你來告訴我該怎麼做。」爸站了起來，滿臉通紅，下巴咬得緊緊的。「這是最後一次了。我是說真的。」

他在桌上丟了一張二十鎊的鈔票，然後把皮夾塞進牛仔褲後面口袋裡，走出房間。

我聽見他的房門打開，然後是他在衣櫥裡翻翻找找的聲音。爸打包行李的聲音傳到客廳。我的心往下沉。

幾分鐘後他到了走廊。

「我要走了，明天晚上回來。別做任何我不會做的事，懂嗎？」他走了幾步，準備離開，聽見塞格叫他名字時，轉身回來。

「那柯倫怎麼辦？我是說，如果他又需要再去醫院的話，要怎麼辦？」他害怕的看著我的腿。「如果情況緊急，我就得打電話給媽媽……」

「塞格，不必告訴你媽媽這些事。不管怎麼說，我不要她煩惱你們兩個的事。她盤子上的東西已經夠多了[2]。」爸對我豎起大拇指。「柯倫會好好的——對吧，兒子？」

「聽起來也不像有太多選擇。」我皺著眉頭說。

爸從門邊對我們眨眨眼，壞心情已然消失無蹤。他舉起手來招呼我們，然後就不見了。

塞格看著我，充滿困惑的模樣。「媽媽有個盤子？」

我搖搖頭。「只是一種說法，意思是你媽目前心裡有很多煩惱。」

「我懂了。」他說。「英文的各種說法還真複雜。」

我沒辦法反駁他的話。

---

2 意味著要操心的事情已經夠多了。

我聽著後門大力關上的聲音，幾分鐘後，爸的麵包車發動了引擎。

塞格嘴巴開開的，很大聲的嚼著東西——「用嘴巴打拍子」，爺爺以前都這樣說。我放下自己的甜甜圈，瞪著牆壁看。

兩整天都無所事事，除了聽塞格很大聲的吃東西以外，這還只是暑假的第一個禮拜而已。

誰來殺了我吧。

第二天下午，我正在讀《鷹與男孩》的時候，我的手機接到一個簡訊。

我抓起手機，以為是我其中哪個朋友終於跟我聯絡了。

五分鐘後打給你。爸。

我有不好的預感。爸很少在離開家時打電話給我，除非他有哪個工作延誤了。明天是我生日。

我在電話響起第一聲時就接了電話。

「抱歉，兒子，可是我這個工作卡住了。如果幸運的話，我星期四晚上會回來。」

「好吧。」我聽得見自己聲音中的失望，可是到現在我早該習慣了。

「我們週末會慶祝你生日，我保證。」爸講話的速度太快，就像他等不及想要掛掉電話。「我們這裡有些大問題，我沒辦法……」

「爸，沒關係。」我嘆了一口氣。他所有的藉口我以前都聽過了。「等你回家時見囉。」

「好兒子。」爸聽起來鬆了一口氣。「再跟塞格說一次，不需要把這件事說出去。不必讓安琪在出門時擔心。」

爸結束了電話，我瞪著我的電話坐了一會兒。

塞格回來時帶了兩杯牛奶。

「不會有事的。」我告訴他爸打電話來的事情以後，塞格說。他喝了一大口牛奶，嘴巴邊留了一圈泡沫。「柯倫，我們會活下去的。」

「被取消的又不是你的生日慶祝會。」我指出這一點，感覺非常火大。

「我當家作主時不會取消任何生日慶祝會。」塞格堅定的說。

我對他皺著眉頭。「誰說是你當家了？」

我們面面相覷的看了彼此幾秒，然後，不為任何理由，兩人都放聲大笑。

30

第二天早上，我醒來時看著塞格的床，發現他的床是空的。我聽得見他在廚房裡乒乒乓乓的聲音。

我沒辦法自己離開床，所以只能等他再度出現。我的雙腿不斷抽痛。背後最底下都汗溼了，胃部感覺有點噁心，也許是吃了止痛藥的關係。

五分鐘後，門開了，塞格回到房間來，帶著一個托盤，沉甸甸的裝滿了食物和飲料。

他慢慢把托盤放在他的露營床上。我吸進一口甜美好吃的氣味，可是我真正想要的其實是疼痛趕快離開。

「Wszystkiego najlepszego z okazji urodzin，柯倫！」

「蛤？」

「意思是祝你生日快樂！」塞格露出微笑，遞給我一杯新鮮柳橙汁，還有，更棒的是：兩顆止痛藥。

「喔，對唷，耶。謝啦。」我吞下藥丸。

他幫我準備了一盤水果：切成小小塊的蘋果和柳橙。我不懂波蘭人是怎麼回事，不過他們似乎從來不會只吃穀片當早餐。

我拿了一點蘋果，不過沒吃。

「為了慶祝你生日，我幫你烤了一個很甜的蛋糕。」他拿起一個盤子遞給我。聞起來很香，所以我咬了一口。蛋糕還是溫的，真的很美味。

「你喜歡我的波蘭烤櫻桃蛋糕嗎？」

我又吞下另一口蛋糕，點點頭。「很好吃，謝了。」

他給我一張卡片。卡片前面是一隻泰迪熊的圖案。如果我今天要過五歲生日，應該很合適。

他看著我。

「抱歉，店裡只有這張卡片。」

「謝謝，很棒啊。」我微笑著說。「心意最重要。」

「喔，我還幫你準備了這個。」

他遞給我一本不很乾淨的平裝書。我念出書名：《長距離跑者的寂寞》。沒聽過。

「謝啦。」我說。

「故事是關於一個很煩惱的男孩，他藉著把心思投注在他對跑步的喜愛，處理他的煩惱。我看到你已經快看完你那本書了，所以我想你接下來可以讀這一本。」

我想自己選擇接下來要看什麼書，也許阿梅德先生可以幫我的忙。不過塞格試著挑一本書當作禮物也滿好的。

「聽起來很棒，謝謝。」我客氣的說。

「是一個叫作艾倫・席勒托的人寫的。」塞格滿面笑容的說。「他跟你一樣是諾丁漢人唷，柯倫，寫的是工人階級的生活。」

「咦？」我又看了一次書的封面。

「這本書被拍成電影，席勒托先生自己撰寫劇本唷。」

艾倫・席勒托……我在腦袋裡念著這個名字：一位真正的作家，在諾丁漢出生？我看著內頁，睜大了眼睛。

「這裡說他爸爸曾經在拉雷腳踏車公司工作，還有艾倫一畢業時，也在那裡工作，」我一面翻看簡短的作者介紹一面說道。「我爺爺，喬治・布魯克斯，一輩子都在那裡工作耶。」

「正是如此呀，柯倫。」塞格看起來對自己很滿意。「所以你看吧，你寫劇本已經有一個很棒的起點了，就跟艾倫・席勒托一樣。」

真是不敢相信。爺爺跟我說過所有關於在拉雷工廠工作的事——像是因為所有人都驚訝的站在附近，有個人失去他的手……然後我想到：也許他在艾倫・席勒托變成有名的作家以前，根本認識這個人咧……

★

內景·拉雷自行車工廠，諾丁漢——一九四四年——下午

工廠的踏板與把手部門很大，到處灰蒙蒙。機器匡匡鏘鏘響著，工人們喋喋不休講著話；某處傳來收音機正在播放的聲音。腳踏車的零件四處都是：踏板、把手、輪軸，還有鋼管。

一個十九歲的年輕人穿著連身工作服，他一面工作，一面吹口哨，黏好車把手的握柄，裝好立管。年輕人正全神貫注的工作時，房間的另外一頭傳來很大的喊叫聲和機器尖銳的聲響。

工人一

〈大喊〉

救命啊！他卡住了，快去找人過來幫忙！

年輕人跑了過去。所有人都圍在一旁。大部分男人都比他老，他們是有經驗的工人，可是有些人不敢看，有些人極度恐慌。屋裡有很多血。有人已經按下機器上的緊急停止鈕，可是沒人照看受傷的人。

年輕人

〈很急切的〉

關掉所有機器！現在，快點！

誰去叫救護車。

群眾四散，周圍的機器悶響的聲音逐漸慢了下來，最後停止，工廠變得很安靜。只剩下被困住、受傷的人痛苦的呻吟聲。

年輕人靠近傷者，看見男人的手和上臂卡在一台切割機的鐵顎裡。他的眼睛因為疼痛而飄忽不定，可是他愈來愈虛弱，發出的噪音愈來愈少。傷者繼續哀嚎，語無倫次的發出小小的聲音。

年輕人

你說什麼，我的朋友？

工人一

〈從一旁喊道〉

你聽不懂他的話啦，他是外國人。

工人二

我就知道他會惹麻煩，他們一聘他，我就知道了。

年輕人

〈惱怒的〉

我們不必懂他的話也能幫助他，你們這些可惡的笨蛋。救護車在哪？

工人二

欸，小子，小心你的嘴。

領班

後退，救援快到了。大家休息五分鐘。

年輕人走到食堂。他開始跟排隊的行列中新來的傢伙攀談。他們年紀相仿。

年輕人

我以前沒看過你。你是新來的嗎？我自己也在這裡工作沒多久。

新來的傢伙

欸。我爸在這兒工作。是他介紹我來上班的。

新來的傢伙看起來好像不怎麼開心。

年輕人

你知道吧，你不會有事的。這裡薪水不錯。

新來的傢伙

〈急切的說〉

我寧可寫作，可是我爸覺得那不是好工作。不過，將來有一天會的。等著看吧，再過幾年，我就會成為出版自己的書的作家。

年輕人

我喜歡看書。也許我可以讀你寫的書。你都寫些什麼樣的東西？

新來的傢伙

〈聳聳肩〉

像我們這樣的人，像是這樣的地方。

年輕人看向一旁。他猶豫了，看來正試圖下定決心，不曉得該不該給對方一點建議。

年輕人

〈好心的〉

希望你能美夢成真，我真心這樣希望。可是如果你要我給你建議的話，你最好還是寫些更有趣的東西吧。我是說，為什麼會有人想看像我們這樣的人，還有像這樣的地方的故事？

他憂鬱的環視忙碌的食堂。

新來的傢伙微笑了，彷彿答案再明顯不過。

新來的傢伙

〈用敬畏的眼光掃射周圍〉

因為這是真實人生，這就是原因。還有什麼會比這個更有趣呢？

年輕人
〈嘆了一口氣〉
隨便你吧，可是別説我沒有警告你唷。我沒辦法想像有人會想讀在拉雷工廠工作的普通人的書。不過，還是要祝你好運。

幕落。

★

塞格接下來一個小時都在幫忙把我弄到浴室，幫我換回休閒褲，還有一件乾淨的T恤。

我試用了爸準備的拐杖，可是要我單獨走路還是太痛苦了。

最後，我成功用一支拐杖走到客廳，不過主要還是把身體靠在塞格身上。

他用空的一隻手臂推開門，我看見房裡暗暗的。窗簾還是掩上的。

這時我看到它了，就立在我的椅子旁。

高聳又光滑，從裡頭打亮了燈光。

「送給你，我的朋友。」塞格說。「這是我為你的特別日子製作的模型。」

是碎片大廈完美的複製品。

我讓塞格暫時別打開窗簾，我們就坐在半昏暗的房間裡，看著他肯定花了好幾個鐘頭建造的模型。為了我。

「謝了，塞格。」我第三次說。「碎片大廈是我最喜歡的倫敦地標。」

「我知道。」他說。「現在碎片大廈有一小部分屬於你了。」

我安靜不動的坐著，感受著持續從我的臀部、大腿到小腿肚一陣一陣來回的悶痛感。

我聽著窗外街道上的聲響。車輛的引擎聲和孩子們的笑聲。還可以微微聽見貝克斯特太太從樓下傳來的咳嗽聲。

塞格坐著，靜靜的盯著碎片大廈看，可是我不覺得他是真的在看。昨晚他媽來電，說他外公病得很重，可是還在努力奮戰中。接完電話後，塞格到房間去，等他從房間出來時，他的眼睛看起來痛苦不已。

「這對你一定很難。」我說。「希望自己身在另一個地方，卻被困在這裡。」

「非常困難。」他安靜的說。「一切都感覺——你們是怎麼說的——跟從前不一樣？」

「熟悉？」我提議。

「就是這個詞沒錯。我生活裡的一切都變得不再熟悉。只剩下怪異的感覺，還有試圖不要擋住其他人的路，他們不希望我們在這裡。」

我用力吞了一下口水然後點點頭。

「想要更好的生活真的這麼錯誤嗎，柯倫？」

「當然不是。」我說。

「家鄉的生活不順利，可是這裡的生活也不順利。這不是媽媽說的新生活。」

「給它一點時間。」我說。「情況會改變的。」

我看著碎片大廈，想像自己此刻就站在大樓頂端最後一片鋸齒狀的結構上，最靠近雲朵的地方。我只要抬頭就能看見天空，往下看可以看見泰晤士河蜿蜒著流過倫敦的城鎮，經過從這麼遠的上方看來就像樂高模型的建築物。

將來有一天我會做到的。我會站在碎片大廈頂端，愈高愈好，俯瞰整個倫敦。

我以前就這樣告訴過自己，可是今天不知怎麼的，我的感覺不太一樣。

今天，我真的相信自己能做到。

我開始播放我最喜歡的其中一部動作電影，可是我感覺得出塞格有點不安。

「有時候我很難了解影片裡說了什麼，」他抱怨著。「英文不是你的母語時，看電影是非常辛苦的事。」

我想我可以理解。演員都會使用很多俚語，而且講話的速度也很快。

我們吃了罐頭番茄湯和麵包當午餐，聽見塞格在廚房裡洗碗盤時，我拿起了筆記簿和筆。

我的劇本進度很慢，可是寫得還滿順的。我想的是發生在社區的事，還有有些住在這一帶、感覺自己的生活哪裡也到不了的人。我需要想一個他們會去的地方，還有他們會做的事——如果他們相信他們有辦法達成的話。

也許塞格今天下午會想組裝什麼模型。看到碎片大廈後，我不介意觀看他是怎麼組合他的模型，應該不會像上次那樣中途睡著。

這時候他回到房間了，用一條廚房毛巾抹乾他溼答答的手。

「柯倫，你還需要什麼嗎？」

「不了，我很好，謝啦。」我說，咬著我的原子筆尾端。

「我得出去一下。」他說。「很快就回來。」

「喔，是嗎，你要去哪啊？」

他半轉過身去，我幾乎可以看見他腦袋裡正轉個不停的齒輪。

「不是什麼重要的地方啦，」他喃喃自語。「很快再見囉，好嗎？」

「你每次都只是出去幾個小時而已，」我說。「你是去哪裡嘛？」

「隨便走走囉。」他聳聳肩。「我不必跟你報告吧。你又不是我的老師，柯倫。」

「抱歉我問了這個問題。」我不高興的抱著手臂。

我的肋骨還因為那場意外感覺瘀青，抱著手臂正好壓到最不舒服的地方，可是我用力咬牙，不要顯示出疼痛的模樣。

他走過我身邊，從椅子上抓走外套。他把一隻手臂穿進袖口時，一張摺起來的紙掉在我腳邊，可是他沒注意到。

我張嘴準備告訴他，可是突然改變心意。他表現得像個笨蛋，我又何必拉他一把？我把沒事的腳伸向一旁，蓋住那張紙。希望那是他需要的什麼重要東西。他找不到還真活該。

塞格又逗留了片刻，看起來好像想要說什麼，可是後來他又改變了主意，沒再跟我說任何話就走出了房間。我聽見他打開又關上後門的聲音。

他到底要去哪個如此機密的地方？我沒辦法跟蹤他還真讓人沮喪。我把手向下探，因為努力忍受由臀部升起的刺痛而掉下眼淚。

這個過程緩慢到令人痛苦萬分，不過我的手指終於碰到那張紙，我坐起身來，把紙攤開。一開始，它看起來像是某種手寫的計畫——全是鉛筆畫的線條和框框。

直到我完全展開那張紙，才明白自己看到的究竟是什麼。

是社區表演中心的平面圖。

31

我突然清醒，向下看，發現我的筆記簿和筆散落在膝蓋上。

我一定是在椅子上睡著了。

後門發出聲響開了，我聽見笑聲和其他聲音。

「哈囉？」我喊出聲音。

塞格捧著一個人大的白色盒子出現在走廊。我把手向下伸，把那張他掉的中心手繪圖往下推到坐墊和椅子間。

「所以，我們的壽星怎麼樣啦？」塞格轉身對站在門後我看不見的什麼人微笑。不管那人是誰，都發出了帶著鼻音的大笑聲。「柯倫，我還有另一個驚喜的禮物要送你。」

他站到一旁，之前隱身的人用一個開合跳，跳到他那個位置上。

「啊哈！」

是阿米麗雅。

我好驚訝自己見到她竟然這麼高興，所以一開始我露出了微笑。

接著我想起我沒辦法動，已經三天沒洗澡，還有公寓比往常都更亂七八糟。而且看起來我面前正在微笑的塞格似乎因為某種緣故涉入藝術中心的竊盜破壞案。我皺起眉頭。

「你在這裡幹嘛？」

「你還真會歡迎人呀。」阿米麗雅氣呼呼的說。「感謝你唷。」

「我不是……」我看著塞格。「你怎麼會跟阿米麗雅聯絡上咧？」

就我所知，他們兩個人應該只在社區中心見過那一次。

「我覺得這會是一個很棒的生日驚喜，柯倫。」塞格看起來得意洋洋的模樣。「你開口閉口都在講阿米麗雅還有窈窕淑女、阿米麗雅的頭髮、她的眼睛……」

「好了，好了，是唷，我知道你的意思了。」

塞格讓我聽起來就像一個標準的輸家。好像我暗戀阿米麗雅還是什麼的——我過去的確可能提過她一、兩次啦，可是……

「唉唷柯倫，我都不曉得你還會在意哩。」阿米麗雅的臉亮起一個淘氣的微笑。她衝過來坐在我椅子的扶手上，在我臉頰上親了一下。「生日快樂，我的朋友。」

「謝了。」我用手幫自己燒燙燙的臉頰搧風。

「對不起，我沒幫你準備卡片。」她做了一個傷心的表情。

「不要緊啦。」我聳聳肩說。

那是我最不煩惱的事了。我拍掉腿上一些毛毛的東西。我敢打賭我的頭髮一定都豎起來了。

「我幫你準備了比卡片更好的東西唷。」她示意塞格進到房裡，接過他拿的白色盒子。「柯倫生日快樂！」

她把盒子輕輕放在我疼痛的膝蓋上，我打開了盒子。

裡頭是一個巧克力蛋糕，上面裝飾了銀色的星星。蛋糕最上面有兩根還沒點燃的數字型蠟燭：一個1，一個5。

我記不得自己曾經吃過這種像樣的生日蛋糕。爸是不會想到這種事的。媽到現在已經離開我這麼多個生日了。我不曉得她有沒有給過我生日蛋糕。

「謝了，阿米麗雅，」我過分開朗的說，想試著遮掩眼裡突然升起的刺痛。「太棒了，真的很棒。」

「是今天早上我和史派克一起幫忙媽媽做的唷，」她露出微笑，仔細的把蛋糕從盒子裡拿出來。「我用杏仁做了星星，史派克用合格的食用色素加上手繪裝飾。」

塞格拿出托盤，阿米麗雅把蛋糕放了上去。

接著，他們點燃蠟燭——這是最糟的部分——他們對我唱了〈生日快樂歌〉，我的臉燒燙燙的，阿米麗雅不管我大喊大叫的抗議我看起來有多邋遢，還是用她的手機幫我拍了照。

「最後，」阿米麗雅宣布，「我要送你這個！」

她拿出一個DVD盒，把它塞進我手裡。

「《舞動人生》。我聽過這部電影。」我懷疑的說。封面的男孩脖子上掛著一雙芭蕾舞鞋，在半空中跳躍。我不想表現出不領情的模樣，可是我又不喜歡跳舞。

「現在也改編成音樂劇囉。媽去年帶我和史派克去看，我們愛死了。」

「這部電影是在講些什麼？」塞格問。

「跳芭蕾舞，我想。」我盡量讓自己的聲音聽起來持平。

「跟跳舞有關，也無關。」阿米麗雅聳聳肩。「背景就設定在一九八四年礦工罷工的時代，跟一個追求自己夢想的男孩有關。每個人都愛這部電影，因為我們都有夢想——只是比利的夢想剛好是舞蹈而已。」

我讀了簡介，發現故事發生在諾森伯蘭和新堡。比利為了追求夢想似乎歷經一番苦戰，儘管霸凌他的哥哥和壞脾氣的爸爸都試圖阻止他。我看得出這部片和《鷹與男孩》的關聯；它似乎也有那種我跟芙萊雅討論到的真誠、真實生活感的質地。

「謝了，阿米麗雅，」我說。「我一定會看。」

塞格消失到廚房去拿刀子和盤子。等我確定他聽不見我們的聲音時，就對阿米麗雅輕聲說話。

「在你離開前寫下你的電話號碼。我需要你做一件事。」

她的臉亮了起來。「噢，聽起來好刺激唷。是什麼事？」

我瞥了一眼走廊，現在還聽得見塞格在放餐具的抽屜裡拿東拿西的聲音。

「塞格在祕密做什麼事。」我皺起眉頭。「我需要你明天下午跟蹤他，看看他是去哪。」

後來我們都沒機會再說話，因為塞格一直待在房裡。可是稍晚，等阿米麗雅離開以後，我傳了一堆簡訊，終於說服她一早在我們的街尾閒晃，好跟蹤塞格。

或者至少我以為我已經說服她，直到我接到另一通簡訊：

我決定了，我不想這樣做。我喜歡塞格，這樣感覺很壞心。A

我的心沉了下去。在意外事件後，我還沒強壯到可以跟蹤塞格，可是又沒有其他人能拜託。

這時候，彷彿受到暗示似的，塞格把頭靠在門邊，宣布他要去洗澡。完美。

水就像放了一輩子的時間那麼久，直到我終於聽見他關上浴室的門。

我撥了阿米麗雅的號碼。

「你一定要這樣做。」我對著電話小聲說。

「事實上，我什麼也不必做。」她冷酷的回答。

「拜託嘛，」我說。「這很重要。」

「為什麼？就算塞格要出門做什麼不告訴你，也不關你的事。」

「我覺得他可能就是破壞社區藝術中心的人。」我告訴她。「最近那裡發生很多闖入事件，發生的時間似乎都是塞格下午不知去向的時候。」

就這樣：我說出來了。電話裡一片沉默。

「我不完全確定，」我補充。「所以才需要你幫忙。」

「你一定是在開玩笑吧。」阿米麗雅用很慢的速度說。「塞格才不可能做這種事。」

「你怎麼知道？你才剛認識他而已。」

「我很會看人。」她說。「我一點也不認為他會是那種……」

「我發現他掉的東西了，可以嗎？是他手繪的中心平面圖。他為什麼要那樣做呢？」

她嘆了一口氣，我想像她搖著頭、紮成一束的黑色鬈髮搶著從紅色點點緞帶滑出來的模樣。

「如果人為破壞事件繼續下去，中心恐怕要關門大吉了。」我告訴她。

「那樣一來，劇本寫作比賽也完蛋了。」阿米麗雅說。

「不只是那樣。」我說。不過那確實是一部分的狀況。

我叫阿米麗雅跟蹤塞格時離遠一點。「別太靠近。」

「你以為我很笨還是怎樣啊？」她反駁我。「那天我在放學後，跟蹤你到植物園，你也沒看到我吧，不是嗎？」

「什麼？」

她跟蹤我？

「你一直在監視我嗎？」

「別臭美了；你哪有那麼有趣，」她回答。「我和媽騎車經過路底時，看見你轉進植物園，只是這樣而已。我想過去跟你打聲招呼，可是我們得回船上去找史派克。」

阿米麗雅真是令人驚奇。

32

我不曉得自己是怎麼說服她的，可是最後阿米麗雅勉強同意第二天跟蹤塞格。

我坐在我的椅子裡，興奮的感覺似乎微微減輕了在我腿部上下游移的陣痛。我瘀青的肋骨也在抽痛。待會兒塞格洗完澡時，會給我止痛藥，我正在算時間。

不過，我同時也想著明天可能會發生的事。

我現在已經在中心見過可疑的人兩次了。

就像我告訴中心經理莎莎的，兩次都有一個人躲在垃圾桶旁邊。

我想不出塞格為什麼會對從那個地方偷東西或破壞那裡有興趣，可是那不是重點。也許他很無聊，或是嫉妒我參加劇本寫作比賽……誰曉得咧？

有一件事情是肯定的：他一直很神祕的消失到哪裡去，然後我們就聽說又有人再度去破壞中心的事。

他沒有在學校的大門邊出現，後來我就在中心外面被撞了。

那樣實在也發生太多巧合了吧？

「這樣感覺好多了。」塞格走到我的椅子邊，剛洗過的頭髮還溼溼的。「沒有什麼比好好洗頓澡更舒服，對吧？」

「沒錯。」

尤其是如果你因為打破窗戶，感覺又熱又渾身髒兮兮的話。

「柯倫，你的藥在這裡，希望你沒有痛到不行。」

「謝了。」我接過止痛藥，配一大口水把它們吞下去。

「媽媽剛才打電話來，說賈戴克今天好一點了。真是好消息，對吧？」

「非常棒的消息，」我認同。「真開心。」

「你餓了嗎？如果你要，我可以做點心給你吃唷。」

「不了，我沒事，謝謝你。」

「或許你想要一杯熱飲？」

我希望他不要再對我這麼好。說不定明天我會送他去見警察。

「那你之前到底去哪了？」我問他。他顯然見到阿米麗雅了，可是在他跟她一起回公寓前，離開了幾個鐘頭。

「啊……你知道的呀。我想你也說過一樣的話，這裡或那裡的。」就跟往常一樣，令人生氣的不置可否。「那你呢？」

「喔，我在公園附近跑了幾圈，接著去健身房。就跟平常一樣。」

「哈！柯倫，你是在開我玩笑吧。」他笑了。
「你很不好騙。」我用乾乾的聲音說。
「我要說的是：你有沒有看書還有寫社區中心比賽用的劇本？」
「說不定有喔。」我對著他瞇起眼睛。「你什麼時候這麼關心這件事了？」
塞格嘆了一口氣，手掌向上的攤開他的手。
「我好像說錯話了。我只是想進行微小的聊天，這樣而已。」
「小聊一下，」我糾正他。「不是微小的聊天。」
「啊對喔，當然啦。」他又露出微笑。「希望你的生日過得很棒，雖然你爸不在，柯倫。」
「說得對，謝了。我過得很棒。」
撇開我的懷疑不說，我的話是真心的。沒多久以前，我還很厭惡跟塞格和他媽分享公寓。我已經很習慣在爸工作時總是獨自一人，所以非常渴望回到只有我們倆的生活。可是我發現有其他人在其實也沒什麼不好。我對自己微笑，想起阿米麗雅，還有她的巧克力蛋糕和影片禮物。
我看向碎片大廈，心想塞格不曉得花了多少個鐘頭才搭蓋好。那張對我來說太幼稚的好笑生日卡，還有他是怎樣大費周章找到阿米麗雅，把她帶來這裡，好給我驚喜。
我在椅子上翻來覆去，可是我覺得最不舒服的地方其實是心裡。我對待人的方式。
「真的很神奇，不是嗎，你能看得到的所有東西，一開始都是某人心中的一個想法而已。」塞格說，一面瞪著碎片大廈看。「外頭的車子、我們讀的書、穿的衣服，還有所有我們居住在裡頭的建築——它們一開始都只是一個想法。」

「應該是吧。」我聳聳肩。我從來沒想過這件事，不過他現在既然提了，我的劇本也是從一個想法長出來的沒錯。

「我覺得這是一件很神奇的事，」塞格說，眼睛看了房間一圈。「所有我可以在這裡看到的一切也曾經只是一個想法而已。等你明白這個事實，它能讓你自由，可以去做任何你想做的事，柯倫。」

「是嗎？」我打了個呵欠。

「對。因為你會明白想法才是創造事物重要的第一階段。想想看吧。你寫作的想法將來有一天可能會變成許多人觀賞喜愛的一部電影。也許有一天我會蓋自己的摩天大樓，一棟俯瞰華沙，甚至比碎片大廈還要高的大樓。」

他住在夢想世界。

「是喔，對啦，這個想法不錯，可是像我們這樣的人，沒辦法做那樣的事。」

「像我們這樣的人？」

「普通的工人階級，住在像這樣的地方。」我伸出手比了一圈，把公寓、街道、整個髒兮兮的計畫住宅區都包括進去。

「柯倫，你會發現像我們這樣的人能達成很多事，」他說。「只要你相信。」

我受夠他好笑的想法了，所以我皺著眉頭聳聳肩，他接收到訊息，終於閉上嘴離開。

可是這時候我忍不住想起貝瑞．漢斯，他是怎樣產生一個想法，最後把它寫成一本書。這本書後來變成《鷹與男孩》，或許可以說是我看過最棒的電影了。

我對寫一部關於普通人的劇本已經有好想法了，只是缺乏對自己寫作能力的信心。

我坐了一會兒，悲慘的感覺在我身體裡像酸液一樣灼燒。我一定得做些什麼，讓自己不要感覺這麼無助。生活突然像是發生在其他人身上的事，我卻只能被綁在扶手椅裡等著潰爛。

我向下看著自己的腿。它們看來就跟以前我穿家居服時一樣，可是感覺像別人的四肢被黏在我臀部。其中一條腿持續感覺劇痛，另一條腿虛弱又沒用。不過話說回來，我覺得往好處想，我的腿也沒有讓我失望。至少它們還撐著，現在它們正嘗試復原，回復以往的用途。我至少可以試著幫助它們。

我拖著腳步走到椅墊邊，感覺就像老蕭邦又再敲敲打打了一回。然後我探過身去，把手臂伸長到極限，直到碰到其中一根靠在椅墊旁的拐杖。

我緩慢痛苦的掙扎扭動，最後終於握住拐杖。我用一支拐杖勾住另一支拐杖，把另一支拐杖拉過來。現在我的膝蓋上放著兩支拐杖了。我坐了幾分鐘，試著回復正常的呼吸，在真正的折磨開始以前讓自己稍微冷靜下來：接下來，我要試著站起來。

我把拐杖往下壓，試圖從椅子上把自己撐起來。我除了感覺大腿刺痛到無以復加以外，根本辦不到。

我嘗試用拐杖抵住椅子，緊握住椅子的扶手，用手臂的力量找到一個站立點。我先抓住一支拐杖，再抓住另外一支。

我花了整整五分鐘，讓兩支拐杖各自好好頂在一邊手臂下，不過我成功了。

我沒能突破痛感的門檻，往前走一步，但我站起來了。

我總算又能用自己的兩隻腳站著。

33

我從一醒來就感覺很暴躁。

不，我告訴塞格，我不要吃早餐。

不，我不要洗澡或者換一套乾淨的衣服。我要再穿我的舊家居服長褲和破掉的T恤。

「那你今天要做什麼？」我問他。

我試圖用不以為意的語氣說話，可是我覺得我的聲音聽起來可能很緊張、不尋常的愛管閒事。

「跟平常差不多呀。」他看著我。「如果你想要的話，我們早上可以一起組裝模型？」

我的心狂跳了一下。如果他沒有像我計畫中那樣出門咧？

「下午呢？」我提議。

「早上比較好，」塞格回答。「晚一點我得出去一下。」

看來一切還是會按照計畫進行。阿米麗雅稍晚就會發現塞格到底想幹嘛，他每天下午到底是去哪。如果他真的得為中心的人為破壞負責，那，這樣的話……我就得告訴爸。爸就有責任告訴莎莎和警方。那是無法避免的事實。

然後……嗯，我不確定耶。我並沒有真的去想之後可能會發生什麼事。

塞格和安琪可能會被驅逐出境。我想有關當局可能會把他們送回波蘭。送回塞格有暴力傾向的父親身邊。反正，如果英國脫歐的話，本來也就會發生那種狀況。

我不是真的想去思考未來可能會發生的所有事。

我用力閉上眼睛，試著讓我的思考恢復常態。

如果塞格是罪魁禍首，如果是他破壞了中心，他就得面對後果。這裡的事情就是這樣運作。不是其他人的錯，是他自己的錯。對我和爸，所有的一切都會恢復正常。我會要回我的房間，我所有的空間。

塞格會帶走他所有的建築，除了碎片大廈以外。他不能把那個拿回去，因為他已經送給我當禮物。我的腦海充滿塞格和安琪到這裡生活以前的回憶。

我放學一回家後就像一道隱形的牆一樣衝撞我冷冷的沉默。爸從來不變的一號表情：嘴角下彎、臉頰下垂、永遠皺著眉頭。他整個星期都外出工作後回到家來，步伐沉重，九點就睡倒在電視機前。

自從祖拉柯維斯基一家抵達以後，他再也不是那個模樣。爸不知為何似乎變得比較活躍、比較有活力。他總是開懷大笑，也不像以前一樣那麼經常不在家。

可是塞格想念波蘭呀，他是這樣說的。他也說了好多次，他有多想念他外公，還有他在學校的朋友。如果我把念頭專注在那上面，我心裡沉重的感覺或許會開始消散。

塞格建議我們一起蓋模型，可是我說我太累了。

我沒辦法專注在任何事情上，就連我的劇本都包括在內。我一直想到阿米麗雅今天下午跟蹤他時，會發現什麼。

午餐吃烤豆吐司，然後塞格待在廚房裡清理，感覺像是花了一輩子的時間。最後他總算穿著夾克，進到房裡。

「柯倫，你需要什麼嗎？」

「不用了，謝謝，我很好。」

「好的，我要出去一下。很快就回來。」

「晚點見囉。」我喊道。

他一關上後門，我就傳簡訊給阿米麗雅。

他剛離開。你在哪裡？

阿米麗雅立刻就回傳了。

下條街轉角。完畢。A

真好笑。阿米麗雅好像把這件事有點當玩笑看，可是它不是。

之後，我就一點聲音都沒聽見了。一點也沒有。

我試著再讀一遍我劇本的第一幕，可是讀了前幾行第三次後，我放棄了。我讀的時候根本一點感覺也沒有……它需要感覺……我不知道耶……更真實。我抓起拐杖，設法再站起來，可是我還是沒辦法多走任何一步，就會攤在椅子上。

我輪流咬每隻手指的指甲，然後閉上眼睛試著睡個午覺，可是當然都是不可能的。

然後我接到一個簡訊。

在回去你家的路上。A

我回傳三個簡訊，問了像是以下的問題：塞格到中心去了嗎？他現在人在哪兒？你多久會過來？

阿米麗雅完全沒理我。

我別無選擇，只能坐著等待。

我刮著包覆扶手椅的粗花呢材質。又看了一次劇本的第一幕。繼續咬我本來就已經被啃得很厲害的指甲。看向馬路對面那些房子屋頂的窗戶。

在我這輩子經歷過最長的三十分鐘以後，後門開了。

「是我啦。」阿米麗雅喊著。

這就是了。我即將發現塞格到底要做什麼，我要怎麼跟爸、莎莎，最後是警方說這個壞消息。公寓裡不會再有塞格和安琪的身影，又恢復成我和爸兩人。

「哈囉?!」阿米麗雅在我面前揮手。「你已經從地球抵達布魯克斯星球了嗎？」

「抱歉，」我說。「我只是在想事情。」

她嘆了一口氣，在椅墊上坐了下來。

「所以……」我開始語無倫次。「他到中心去了嗎？塞格打破了窗戶嗎？」

阿米麗雅看著我，可是臉上一片空白。

「告訴我嘛，」我等不及很快的說。「他到底想幹嘛？」

「我不曉得。」阿米麗雅回答。

「你是什麼意思，你不曉得？你跟蹤了他嗎？」

「有。」

「他有看見你嗎？」

「沒有。」她翻著白眼。「我甚至跟他搭上同一班公車，都沒被他發現耶。這些事情我很行。」

「搭公車？」

中心距離這裡走路只需要五分鐘。塞格到底是去哪兒，需要搭公車？

阿米麗雅絞著自己的手指。

「我跟蹤他到維多利亞中心車站。那裡很好躲，因為很多人在等巴士。塞格搭上一輛巴士，直接上樓，所以我坐在樓下，就在最後面。」

「繼續說呀。」我催促她。

「我們才搭上車十分鐘左右，他就下樓了。幸運的是，有好幾個人跟他同一站下車，所以我在他們後面躲得好好的。巴士上的行程表螢幕說我們在雪伍德。」

「雪伍德？」

「你可以不要再重複我說的每句話了嗎？」阿米麗雅嗆了我一句。

「抱歉。」

雪伍德離這裡不遠，可是我從來沒有任何到那裡去逗留的理由。

「接著，他走上主街的山坡，我離他一段距離。那裡有很多商店，街上很多人，所以躲著不被發現還算簡單。」

「太好了。」我喃喃自語。我努力別催她，可是真希望她不要拖拖拉拉的呀。

「他轉進派瑞路。這條路真的很長，路上的人又比較少，所以我只好走在離他真的很遠的地方。但他沒有回頭看。」

派瑞路。這聽起來不知為何似乎相當熟悉，可是我從未去過那裡。

我保持沉默。

「這時候，在派瑞路底，他轉了個彎，然後消失了。」

「你跟丟了？」我感覺一陣血液直衝腦袋。

「柯倫，冷靜點；我沒跟丟！」她對我皺起眉頭。「可是我一開始看不出他到哪裡去了，因為我離他還很遠咧，記得嗎？」

「對啦，當然，抱歉。」我咕噥著。

「反正，等我跟上時，我看到這個地方是哪兒了。我看見塞格按了對講機，等著從大門被放進去。」

「你有成功跟他一起進去嗎？」我想像著一間裝了電動門的大屋子。塞格認識的誰會住在像那樣的地方呢？他從未提過任何這樣的人，不過我知道有些人透過犯罪活動，賺到大筆大筆的錢。也許某個犯罪集團的首腦從東歐到這裡來了。

「不，我沒辦法跟蹤他。」阿米麗雅慢吞吞的說。

我充滿挫折感的把兩手一攤。

「我沒辦法跟蹤他，因為他進到監獄裡去了。」阿米麗雅很小聲的說。「他們幫他開門，他就直接走了進去。」

34

「諾丁漢監獄？」我的嘴巴快要合不起來。「他去那裡到底要幹嘛？」

「去哪裡？」走廊傳來的聲音讓我們同時跳了起來。

「塞格！」阿米麗雅大喊，並且站了起來，然後又馬上坐下來。她所有的自信都消失無蹤。

「後門是打開的，」他說。「你們兩個人看起來很擔心。發生什麼事了？」

阿米麗雅和我面面相覷。

「我得走了……」阿米麗雅站了起來。

「不——別走。」我說。

「抱歉，我得走了；我告訴媽只要一個鐘頭就會回家。她需要我照顧史派克，她要去船廠找一些備品。」

說著阿米麗雅就像一陣風似的離開了。

我看著塞格。這個普通男孩現在過著祕密的犯罪生活。

「柯倫，你為什麼用這種眼光看我？」他皺起眉頭。「好像你以前從未見過我似的……

好像我是個陌生人。」

我搖搖頭，不曉得該從何說起。

「阿米麗雅有什麼不開心的事嗎？」塞格看起來很擔心。「希望她沒事。」

「對，她沒事啦。」我說，一面瞪著他看。「她只是嚇了一跳而已。事實上，是很大的一跳。」

塞格坐下來瞪著我看。

「你看起來好像也受了一點驚嚇，我的朋友。」

「塞格，你可以不要再演戲了。我知道你到哪裡去了。」我說，讓聲音保持平靜和穩定。「我知道你今天到監獄去了，我想那就是你下午都會去的地方。你沒必要否認。」

他臉上的血色立刻消失了，不過後來又變成兩個圓圓的小紅點，回到他臉頰上。

「阿米麗雅。她跟蹤我。」他發出咆哮。

「對，的確。」我說，希望自己聽起來比實際的感覺顯得更有自信。「她不得不，因為你不肯告訴我你到底去了哪裡，我認為是你……」

他把眼睛睜得很大。

「嗯，我認為你有可能去了中心。」

他整張臉似乎暗了下來。

「你以為我是破壞那裡的人？」他很小聲的說出這句話，臉上的五官全部擠在一起，彷佛他怎麼也想不通這件事的感覺。

「不是，可是……我又不曉得，不是嗎？因為你不肯告訴我……」

「柯倫，我不必告訴你我去哪裡。這樣也不表示我就是造成損害的人。」

我想糾正他說應該要用「人為破壞」，可是因為他看我的眼光，還有我根本沒辦法自己移動的事實，我決定算了。

「而且我發現你畫的中心平面圖。你為什麼要那麼做？」

「我不曉得比起碎片大廈，你會不會比較想要表演藝術中心的建築當作生日禮物，柯倫。這個想法很呆，可是我以為這樣也許能鼓勵你參加那場比賽。」他看起來大受打擊。

「我讓你爸看了我的圖，看看他能不能幫我一起蓋那棟建築，不過他說你比較愛碎片大廈。」

「我很抱歉。」我說。我是真心的。「可是你為什麼要去監獄？你認識那裡的誰？」

有那麼一秒鐘，他的眉頭皺得更深了，我以為他會叫我不要多管閒事。可是他感覺好像變小了一點點，坐了下來，用手肘抱著膝蓋，把頭埋在手裡。

「塞格？」我溫柔的說，他抬起頭來，眼淚從蒼白的臉頰滑落。

「是我哥哥賈納茲，」他輕輕的說。「他被關在監獄裡。他已經在那裡待了一陣子。」

我震驚到說不出話來。我保持安靜，讓塞格用他的方式告訴我。

「他是一年前到英國來的，就在我和媽媽過來以前。他離開我們的小房子，尋找更好的生活。」塞格解釋道，一面看著自己的手。「他在建築工地找到工作，交了一些朋友。有天晚上，酒吧裡有些年輕人盯上他的英國朋友羅伯特。他們說羅伯特盯著他們其中一個人的女朋友看。」

他的呼吸變快變淺，不過我依舊保持安靜。

「賈納茲嘗試為他朋友辯護，可是他們不聽。其中一個男人試圖從後面拿球棒打羅伯特時，賈納茲用力推了他，把他推到一旁。那個男人摔倒，頭部撞到金屬櫃台邊緣。警察開著一台很大的廂型車抵達現場，把賈納茲帶走了。」

我不曉得該說什麼。

「賈納茲被判攻擊，法院判他兩年監禁。可是攻擊羅伯特的英國人被判無罪。我問你，柯倫，那樣還有什麼正義？」

「我……那聽起來根本不存在正義。」我結結巴巴的說，試著要整理他告訴我的所有事情。

一種怪異的感覺爬上我的頭皮。爸曉得賈納茲的事嗎？

我想起我聽見塞格和他媽媽在廚房裡用波蘭文低聲說話的事。如果她為了某種理由，沒讓爸知道這件事呢？

「我一星期去看他三次，媽媽每個週末過去。這件事讓她很傷心。」

「她告訴過我爸嗎？」我問他。「關於賈納茲發生的事？」

他的臉變得有點紅，停了幾秒鐘沒回答。

「她很快就要告訴他了。本來現在應該已經說了，可是之前賈戴克病了，媽媽得離開……」

「她在那之前就應該告訴爸的，」我說。「在你們兩個人搬進來以前。他有權利知道這麼嚴重的事。」

那種有東西在爬的感覺覆蓋了我的手臂，現在已經延伸到我的雙手，我瘋狂的用力搔癢自己的手指。安琪似乎是真的喜歡爸，可是要是她對這件事隻字未提，其實是因為她只是需要一個靠近諾丁漢監獄的地方住呢？這時候我想起爸之前對仿冒手提包的事是怎樣閃閃躲躲，又是怎樣告訴塞格和我不要跟她提起他「最後一趟」國外的工作行程。

「求求你，在媽媽回來以前，別跟你爸說這件事，柯倫，」塞格緊張的說。他站了起來，甩晃他的手，就像他的手是溼的，他正設法要在空氣中晾乾的樣子。「她很在乎你爸爸，不會希望讓他生氣。」

「說不定他會生氣唷，」我說，對塞格皺起眉頭。「我是說，換成是你，你不會生氣嗎？這樣很不好，被欺騙。」

我期望他因為我的話收斂一點，可是他變得更大膽，也對我皺起眉頭。

「被人隨便指控非法破壞的感覺也很糟呀，」他反嗆我。「你這樣看我，真的不好，柯倫。你為什麼從來沒辦法相信別人是好人？你為什麼永遠把他們想得那麼壞，尤其是他們來自不同的國家時？」

我張開嘴想對他大吼回去，可是我其實說不出任何能為自己辯護的話。安琪對我完全只展現善意，可是我很短的時間內就把她想成最壞的人。

我沒辦法對塞格的話生氣，他讓我因為理解了一件真實的事而嚇了一跳：我就是不信任人。

媽的臉飄進我腦海。我不太記得她，因為當時我太小了。可是我知道她離開了我，也離開了爸。

在你還那麼小的時候，應該要能夠信任自己的媽媽。相信她永遠都會在，不論發生什麼事。

如果你媽可以留下你獨自一人，你還能相信誰？

我的臉感覺很燙，我的腿也痛得不得了，就像在懲罰我是這樣一個蠢蛋。我看著面前的地毯，希望它是流沙，就可以把我整個吞進去。

塞格站起來走向我，他看起來好像就要準備捶我的頭或是威脅我。在這種狀態下，我什麼也沒辦法做；說不定我甚至很活該。

我努力挺起身子迎向接著要發生的事，可是他用另一種截然不同的方式擊垮了我。他的臉孔變得柔和，把手放在我肩膀上。

「柯倫，」他只是簡單的說。「你是我的朋友。」

我的胸膛突然拱了起來，試圖忍住一陣不知道從哪裡湧現的想哭的衝動。我看向一旁，用力眨眼，以免徹頭徹尾的讓自己表現得像個笨蛋。

我想起塞格從意外發生以來為我做的一切，他是怎樣一直原諒我對他說的那些糟糕的話，還撇開我其實是在學校毫不留情霸凌他的團體成員的事實。

那一刻，我突然第一次明白了某件事。

塞格．祖拉柯維斯基是我的朋友。

他或許是我曾經交過最好的朋友。

35

塞格正在廚房裡做午餐。

我瞥了我放在椅子扶手上的電話一眼，看見我有一個語音訊息。我把電話調成無聲，所以沒聽見電話響。

是爸傳來的語音訊息。

「我稍晚會回家。聽著，我得把東西帶回公寓，只有一個晚上。明天早上它就會再度消失不見，可是我想告訴你，不要再自作聰明，在塞格面前講什麼東西違法的事情了，懂嗎？我們不想讓安琪擔心這些有的沒的。待會兒見。」

爸說的「東西」我想是他那堆假手提包。以前他從來沒帶過那種東西回公寓。我知道這樣很冒險。如果警方在這裡查獲他的東西，他們會起訴他。

我決定不要跟塞格講這件事。

「爸今天晚一點會回來。」他帶著三明治進來時，我告訴他。

他點點頭。「柯倫，下午我有東西要給你看。我希望你能看看。」

「好呀。」我聳了聳肩膀回答，納悶著他這次計畫要蓋哪棟建築。

我們吃完飯後，塞格幫我走到椅墊邊，在他膝蓋上架好他媽媽的電腦，好讓我們兩個人都看得到。

「我要讓你看華沙，我的故鄉。」

我不是很想看什麼破破爛爛、沒自來水也沒電的小村莊。我有別的事得想，像是我要怎麼告訴爸安琪有個他不曉得的、年紀更大的、名叫賈納茲的兒子，現在因為被控攻擊，被關在諾丁漢監獄裡。

塞格是我的朋友，可是我爸……這個嘛，家人就是家人，對吧？

塞格打開螢幕上一張照片。照片上是一座大城市的夜景。城市中央有很大的廣場和高高的紀念碑，旁邊的街道散布著小小的市場攤位，各自點亮小小的燈籠。整個區域被美麗的建築環繞，大部分的建築都很高，有許多窗戶。建築物漆成不同的色彩——赤褐色、奶油白和綠色。

我指著右邊一棟有鐘塔和雕刻裝飾、令人驚嘆的建築。

「啊，這也是我最喜愛的建築之一耶，柯倫。」他露出微笑。「瓦維爾皇家城堡。是在十四世紀建造的。現在那裡會舉行許多音樂會，裡頭也有很美的藝術品。」

塞格一張接一張的點閱照片，讓我看了令人驚豔的建築、一所大學，還有總統的皇宮。

我驚奇的緩緩搖頭。「我還以為你來自一個除了松鼠，什麼都沒有的地方。」

塞格大聲笑了出來。「大約有兩百七十萬人住在華沙，不能算是小城鎮。比諾丁漢大多了。」

他告訴我在戰爭時，華沙大部分的地方都被夷為平地，只好完全重建。那太難想像了，看看那裡現在讓人印象深刻的天際線。

「可是華沙不是只有建築物。我們也有許多森林。」塞格補充，很驕傲的向我展示他和安琪坐在一張小咖啡桌前的照片，他們四周都是森林。「這是皇家瓦金基公園的蕭邦紀念碑。」他指著另一張他在紀念碑旁神氣擺姿勢的照片說。

他又點選了另一張照片，下載照片時，他安靜了幾秒鐘。

「然後這是……」他輕柔的說。「這是我家。」

那是松樹林邊緣一間小巧整潔的屋子。塞格、安琪，以及一位頭髮灰白的老人一起站在屋外。

「這是賈戴克。」他指著一位老人說，聲音變得柔和。「我們的鄰居在媽媽和我要來英國前幫我們拍的照片。」

照片裡的他們全都微笑著，可是我從塞格告訴過我的話，知道這段時間實際上非常可怕。他們都很怕他爸，也很怕他下一刻會做什麼。

塞格正在讓我看他最好的朋友寶兒的照片時，我們聽見後門邊傳來什麼聲音。

「哈囉，」安琪喊著。「驚喜！我回家囉！」

她還不該回來啊。爸正準備帶著他違法的貨物回家。

我聽見她掙扎著拖動行李箱，塞格衝過去幫她的忙。

「他還好嗎？」我聽見他們把行李箱拖進門廳時，他氣喘吁吁的問。「賈戴克還好嗎？」

「塞格，他很好。」等他們抵達客廳門邊時，她微笑著。「他好多了。我想他會沒事的。」

塞格擁抱了她，然後轉身看著我，我露出笑容，對他比了一個讚的手勢。他的眼光又在我身上停留了一會兒。他想知道我會不會告訴安琪我知道賈納茲在牢裡的事。

「柯倫，你好嗎？」安琪走到我身邊。「你有沒有好一點？」

「有啊，謝了。」我說。「我的腿還很痛，可是塞格是個好看護。」

「哈！」安琪笑了。「塞格，也許這是你生命裡真正的召喚唷。不是成為一位蓋偉大建築的建築師，而是成為一位看護。」

塞格搖搖頭，然後露出微笑，可是他的眼睛依舊盯著我看，不確定我下一步會怎麼做。

我伸手去拿手機，我需要讓爸知道安琪回來了。

我傳了好幾次簡訊給爸，可是他完全沒有回應。

安琪和塞格在廚房裡忙著的時候，我打了電話給他。沒聽見電話響聲，直接就跳到語音信箱，意思通常表示如果他不是關機，就是正在訊號很差的地方。

我已經決定不要用電話告訴爸賈納茲的事。最好等他回到家再說。

可是他一回來，他們就應該趕快告訴他。這樣才是對的。

安琪進到房裡，我立刻就從她臉上的表情知道，塞格已經告訴她我知道賈納茲的事了。

「很抱歉你得從別人口裡聽說我大兒子的事，柯倫。」她說，目光往下垂。

「只是……爸。我爸應該要知道他的事。」

「那當然，」安琪點點頭，眼睛亮晶晶的。「我應該要立刻告訴他，我知道。只是我一直沒有找到好時間，而且我承認我很怕他會叫我們走，叫我們離開。我真的不想離開，因為我愛你父親，柯倫。」

天哪。這所有的事實在變得太緊張了。

我在椅子上不安的動來動去，瞪著我的手機螢幕看。

安琪似乎察覺我的尷尬，便進到廚房去了。我又傳了幾次簡訊給爸，可他還是沒回應。

一個小時後，塞格和我坐在長沙發，爸和安琪則在廚房爭執，據塞格說，吵的事情是一堆小山高的垃圾袋裡裝滿假的手提包。

「我只是不懂為什麼你要跟罪犯來往，彼特，」我聽見安琪大喊。「你是個有才華的人，可以靠自己努力工作和自己的本事賺錢，而且你可能會去坐牢。」

廚房裡充滿致命的寂靜。塞格和我望著彼此。

這時候，安琪告訴了爸。她告訴他關於賈納茲的一切。

36

爸和安琪消失在臥房裡「談一談」。

塞格在門邊聽了一會兒，可是他說他只聽見偶然傳出的情緒性話語，還有他媽媽啜泣的聲音。

在見過安琪，還有她對沒告訴爸實話有多難過後，我相信她的話是真的。就是沒有好時間可以談論賈納茲的事。就像我一直找不到好時間告訴林佛德，塞格搬進來跟我們住的事情一樣。

我相信安琪是個好人。我信任她。

「別擔心，他們會解決的。」我告訴塞格，注意到他有多麼安靜。「所有的一切都會沒事的，你等著看。」

「我只是在想一件事，柯倫。有一件重要的事，我們還是沒答案。」

「什麼事？」

「你還有你的謎團要解答。」他看著我。「如果我不是破壞藝術中心的人，那是誰破壞的？」

我點點頭。「還有一個更大的謎題，就是到底是誰在光天化日下開車撞倒我。」

爸說在這次最新的破壞案後，中心可能得關門大吉，而且在某處，還有一個瘋狂司機依舊逍遙法外。

「我們為什麼不乾脆在中心外露營？」我突然故作勇敢。「我們可以每天下午都在附近晃，直到找到實情為止。」

塞格的目光飄到我腿上。

「你可以用輪椅推我啊。」我鼓勵他。「我們不會做任何蠢事。如果事情有什麼變化，我們就打電話給警方，也許用我的手機裡拍幾張照片當作證據。可以嗎？反正我們時間多。」

塞格的臉亮了起來。

「我們可以明天下午就開始。」他露出笑容。「也許我們可以找阿米麗雅一起來幫忙。我覺得她可以保密。」

後來爸和安琪從臥房出來，肩並肩坐在沙發上。

塞格和我停下動作，我們在找他最新的建築計畫——艾菲爾鐵塔——需要的紙卡，我們看著他們兩個人。

「我們只是想要你們知道，我們之間沒事了，」爸說，伸手去握安琪的手。「我了解安琪告訴我賈納茲的事為什麼那麼困難。你也能了解嗎，柯倫？」

「當然。」我點點頭。「完全了解。」

安琪做了一個深呼吸，彷彿之前她一直努力支撐著自己。

「塞格和我希望你們知道，彼特和柯倫，我們非常尊重你們，也非常抱歉沒有告訴你們這件事。」

安琪看著爸，然後笑了，他親吻她的臉頰。

塞格看著我，也笑了，我回他一個微笑。可是他沒有得到親吻。他笑的樣子就像知道我正在想些什麼。

「錯過柯倫的生日，我們覺得很糟。」爸看著我說。「所以等你準備好了，我們會到倫敦過幾個晚上，慶祝你生日。我們四個人一起。」

「哇，謝了，」我說。爸以前從來沒有因為我的生日做過這種事，我不曉得自己能不能相信他。

我看著安琪，她偷偷對我眨了一下眼睛。我知道她是在告訴我，這件事真的會發生。

爸去買炸魚薯條，我們都坐在起居室裡。當我們吃完東西，聊完到倫敦要做些什麼後，安琪就打開電視。

爸試著想看看頭條新聞，塞格長篇大論的描述他是怎麼蓋好碎片大廈的。

我們看來就像個普通家庭，正在度過一個普通的夜晚。

我的胸膛感覺溫暖又安心，彷彿一切都會好好的。

我坐著看向窗外。我可以從椅子上看見街道。現在已經黃昏了，不過我們的窗簾還打開著。偶爾有車輛從街上駛過，可是所有年幼的小孩都回屋裡去了，所以街上沒人在踢足球，也沒有尖叫和歡笑聲。

一個形單影隻的身影進入我的視線，那個人穿著連帽外套，拉鍊拉得很高，兩手深深的埋進口袋裡。我看著他穿過馬路，在我們大門外停下腳步。

他拿掉帽子，我看得見他的臉，他往上直直盯著我們的窗戶看。

他有一邊眼睛瘀青了，看起來甚至比我記憶中還要瘦。雖然他離我很遠，我看得見他眼裡有什麼東西，告訴我他希望事情不是這個樣子。他看起來很害怕。

我沒有思考，就舉起手來，對他點點頭。

林佛德也對我揮揮手，然後戴上帽子，繼續沿著街道往下走，在半黑暗的街上投下一個寂寞的身影。

37

我因為房間外、走廊上乒乒乓乓的聲音醒來。塞格的床是空的。

我坐起來揉揉眼睛。

「哈囉？」我喊著。

門打開，爸把頭探了進來。

「兒子，抱歉吵醒你。我只是準備把工具裝進車裡。」爸的臉非常嚴肅。「昨晚有人打破中心裡幾乎每扇窗。」

我的嘴巴驚訝得打開來，抽痛的腿部十分沉重，好像兩腿都被填充了水泥。

「莎莎才鎖門不久，所以應該才剛過九點，因為鄰居是九點半報警的。」爸充滿挫折感的搖搖頭。「我現在要出門去修理囉，待會兒見，兒子。」

「掰掰，爸。」我安靜的說，迷失在自己的思緒裡。

爸昨晚在看《十點新聞》，跟我在外頭的街道上看見林佛德的時間差不多。

稍晚，爸和安琪去買東西，塞格幫我下階梯，坐進輪椅裡。

我受傷的腿痛得太厲害，那種痛從身體裡湧現，我真想放棄到中心去的計畫。

「如果你有困難的話，別擔心，柯倫，」塞格說。「我們可以改天再去。」

可是等我癱進輪椅最深處，實在沒辦法面對又要再上一次台階的痛苦，所以就這麼決定了。

塞格推著我的輪椅，我們一面聊天。我告訴他我對林佛德的疑慮。

「他是你的朋友，柯倫；你很了解他。但你信任他嗎？」

我沒有回答，不過答案當然是否定的。我一點也不信任林佛德。

塞格把我的輪椅停在一片矮樹籬對面，樹籬隔開一片廢棄地，就在社區邊緣，藝術中心正旁邊。

大門上了鎖，入口邊主要的百葉窗拉了下來。爸昨晚補好的窗戶看來就像什麼也看不見的眼睛。中心看起來很安靜，有點恐怖，不過附近沒有可疑的人。

後面傳來大喊聲，我們倆都跳了起來，納悶著是不是有誰要來抓我們了。

阿米麗雅開始跑向我們，對我們又是微笑又是揮手。

「我剛剛才看到你的簡訊，塞格，」她說，跑到我們面前時，有點上氣不接下氣。「船上訊號不好。」

「噓，」塞格告訴她。「我們需要保持安靜，不能被人看見。」

片。

我對她笑了，真高興她在這裡。

我直到現在才注意到塞格背上綁了一個背包。他打開背包，拿出三明治、蛋糕和洋芋片。

「我們忘記在出門前先吃午餐了。」他解釋道。

「噢，太好了，我餓死了。」不需要邀請，阿米麗雅就自己拿了一個起司三明治。

我的肚子在到這裡來的一路上都叫個不停，不是因為餓，而是想知道我們會不會看到林佛德造成更多損害。

塞格遞給我一小罐水，我喝了一大口。

「沒發生什麼事，」我聳聳肩膀說。「我們到運河去釣魚，可能還比在這裡坐上那麼多個鐘頭卻沒事可做要好。」

「這真是非常……令人興奮。」阿米麗雅翻著白眼。「只是我們玩間諜遊戲有點太老了。」

「快看！」塞格用小小的聲音說，他蹲了下來，彎下膝蓋，讓頭部不高過草叢。

我把草叢分開，觀看外面的動靜。在垃圾桶周圍的動靜。

「看起來很像他，」我低聲說，看見他深色的牛仔褲和連帽外套。「有可能是林佛德。」

「他看起來鬼鬼祟祟的。」阿米麗雅說，在我耳邊大聲嚼著一片洋芋片。

那個人背對著我們，可是他的帽子拉到頭上，所以只剩牛仔褲和球鞋看得見。這套裝扮當然跟林佛德昨晚穿的衣服非常類似。

那個身影偷偷摸摸靠近大樓側面，搖晃爸已經補好的窗框。

「我覺得他在找路進去。」塞格壓低了聲音說。

「我們該怎麼辦？」阿米麗雅問。「我們可以大喊大叫，阻止他造成更多損害？」

「不行。我們需要當場逮到他，否則就只是我們自說自話而已。」我說。

我拿出電話，拍了幾張照片，可是等我檢查照片時，只看見草叢的葉子。我看著螢幕時，我的電話變得一片空白。昨天晚上我忘記充電了。

那個傢伙拔著其中一塊木板，然後往四處猶疑的張望。他從口袋很深的地方拔出一個東西，是一根撬桿。

「快點報警。」塞格沒看我，小聲的說。

「我沒辦法，我的手機沒電了。」

突然，有個很大的響聲，一塊木板從其中一扇窗戶上被拔了下來。

塞格直直站了起來。

「我要過去。」他說，臉上充滿了憤怒。

「不行！你瘋了嗎？」阿米麗雅抓住他的手臂。「他可能會對你不利。」

「必須有人阻止他，」塞格說，一面甩掉她的手。「他會跑掉，你們兩個得試著看到他的臉。」

在我有辦法再說另一個字以前，塞格就跑掉了。他衝向圍籬大喊：「嘿！」

那個人轉過身來，可是我們還是看不清他的模樣，因為前面擋著樹叢。我聽得見喊叫聲和扭打聲。我沒辦法動，阿米麗雅則是眼睛睜得老大，釘在原地動彈不得。挫折感在我喉嚨裡感覺像酸液一般灼燒。這時，我看見更多人影出現在中心的庭院裡；我不曉得他們是打哪裡來的。

「喔，糟糕，塞格會受傷的，」阿米麗雅大叫，一面跑向他們。

我發出一聲憤怒的大喊，急著想幫助塞格和阿米麗雅，卻沒辦法移動我的腿。爸的廂型車停在空地旁，發出尖銳的剎車聲，他從車裡跳了出來。我四處張望，看見布魯克斯太太很快的沿著道路走向我們。

「你還好嗎，柯倫，親愛的？我告訴你爸你困在外面這裡了。」她把一隻手撐在我輪椅上，彎過身來，不住喘氣。

爸走到我這邊來。

「爸！塞格和阿米麗雅在那邊。」我指著中心的側面。「塞格抓到某人闖入，已經過去了。阿米麗雅跟著他，可是他們現在有很多人，我們寡不敵眾。」

不過一瞬間，爸就進到中心的院子裡。安琪下車跑向我。

「我們從購物途中回來，因為你爸把錢包忘在公寓裡了，」她說，操控我的輪椅繞過草叢，靠近中心的鐵絲網邊。「布魯斯特太太告訴我們，你和塞格已經在外面這裡坐了很久了。」

謝天謝地，感謝布魯斯特太太，還有她的特務眼睛。

「喔，我的老天，他們在打架！」布魯斯特太太揪住自己的前胸。「我最好去打電話報警。」

那些年輕人分散開，從圍籬裡跳了出來。

我看著阿米麗雅伸出腳，讓某人絆了一跤，幾秒鐘後，爸揪住那個壞蛋的領子，把他從垃圾桶邊拉出來。在那個人掙扎的時候，我看清了他整張臉，這個人我再熟悉不過了。

我在學校已經看他看得夠多了。

38

「把你的手從我身上拿開，你這個蠢蛋！」雨果．法克斯暴跳如雷，試圖甩開爸。「我爸爸是地方的有力人士，他認識一些非常有影響力的人。你會後悔的……」

「給我閉嘴！」爸大聲咆哮。「別想用你那些身居高位、狗眼看人低的朋友來威脅我。你得像我們其他人一樣對法律做個交代，不管你老子是誰。」

「法克斯先生就是他爸，」在安琪把我的輪椅推得更近時，我說。「我們學校的校長。」

雨果轉過身來，臉孔完全扭曲，準備要揍我，可是就在這個時候，最奇怪的事發生了。他看見我時，臉上完全失去血色，還用力吞了一下口水。

「怎樣？」我說，可是他很快就別開眼睛。

我對爸聳聳肩。我不曉得為什麼雨果突然表現得這麼怪異。

「聽著，我很確定我們可以達成某種協議，」他開始對爸胡言亂語。「我爸很有辦法。我知道你們這裡的人都很需要錢，我們可以……噢！」

爸收緊下巴的肌肉。他把雨果拉到鐵絲網邊，這樣他就站在我們旁邊了。

「我們這個社區住宅的人或許沒有很多錢，可是大部分都懂得分辨對錯。」他咬著牙告訴雨果。「所以不要用你那些骯髒的小小提議侮辱我。警方會決定要如何處置你。」

我沒用的手機從我手裡滑落。

我看著安琪準備把它撈起來的時候，雨果動了他的腳，我就是在這個時候看見它們。

白色球鞋，上面有寬寬的紅綠相間條紋。條紋正中央坐著一隻繡得非常完美的小小黃金蜜蜂。

我震驚的坐直了身子，一陣劇痛從兩邊的臀部竄過。

有那麼幾秒的時間，在我腦海裡，我又回到那裡。

躺在路中央，震耳欲聾的低音喇叭，周圍的聲音，那雙白色運動鞋就在我臉前。

那個我當時無法辨識的閃亮形狀現在晶瑩無比的回到我眼前，是一隻端坐在紅綠條紋運動鞋上的小小黃金蜜蜂。

在那之後，事情進展得非常迅速。

警察抵達現場，我認得其中之一是波頓警員，就是到醫院來跟我談話的那位警員。爸向他們解釋我們是怎樣當場逮到正闖入藝術中心的雨果。

「其他人溜了，可是我一直抓住這個人。」爸說。

「快把你的手從我身上移開！」雨果不停扭動。

「我們會從這裡接手，先生，謝謝您。」波頓警員說。

爸放開雨果的手臂。

「就……就是現在，警官，」雨果結結巴巴的說。「謝天謝地你們出現了。你需要逮捕這個……」

「等一下，年輕人。」波頓警員皺起眉頭。「我會決定要採取什麼行動，不是你。」

雨果閉上嘴巴。

我就是那時候告訴他們的。關於運動鞋的事。那隻蜜蜂的重要性。

「垃圾，」雨果說，他講話時，聲音提得愈來愈高。「別傻了，這個男孩只是在妄想。」

「就我看來，這裡只有一個男孩蠢透了。」波頓警員說。

一星期後，波頓警員坐在我們的客廳對爸搖著頭。

「令人難以置信。坦白說，我們之前在查住在這裡……這個社區住宅裡的某些壞咖，」他說。「我們深信該為這樁肇逃意外負責的罪魁禍首，還有破壞表演藝術中心的人會是這棟社區住宅裡的居民。」

「那可以理解。」爸聳聳肩。「這只是證明你住在哪裡與明辨是非根本無關。」

「那是真的，而且那件事有個教訓，」波頓警員表示同意。「根據非官方說法，表演藝術中心會接到某個主要贊助基金，所以雨果決定他要親自毀了這個機會。他付錢給林佛德·高登，要他打破窗戶，偷走中心裡的重要設備。」

「雨果承認是他開車的嗎？」我問。

「最後承認了，可是一直到鐵證如山，對他不利了，他才認罪。他和他爸一路堅稱他是無辜的，還好很幸運的是，到最後，有人出面提供訊息，我們才知道我們抓對人了。」

「所以真的有目擊證人！」我幾乎快要喘不過氣來。

波頓警員搖搖頭。「這個人當天並不在場，可是他聽見雨果．法克斯和他朋友談論發生的事，決定出面作證。我必須補充，是很難得的消息來源。」

「你能告訴我們這個人是誰嗎？」我問。

「是林佛德．高登，」波頓警員回答。「他說你們這輩子的時間大部分都是朋友，直到最近。多虧了他，雖然雨果和他同夥的人用暴力威脅他，要他守口如瓶，他還是決定要做對的事，柯倫。」

我啞口無言。林佛德！

「我無法相信是雨果．法克斯的運動鞋出賣了他。」爸下了評論。

「布魯克斯先生，那可不是一般的運動鞋喔，」波頓警員說。「那種運動鞋是頂級設計師品牌，那隻小小黃金蜜蜂就是顯眼的註冊商標。一雙幾乎要四百英鎊唷。不是你們一般到處可見的球鞋喔。」

「哎呀。」爸似乎覺得很不解。

「我們在那雙球鞋的其中一隻鞋跟上，發現柯倫微量的血跡。我們也在雨果．法克斯車子的鍍鉻格柵上發現同樣的痕跡，儘管他的車很明顯的已經被刷洗清理過了。」

「可是為什麼呢？」我說，依舊很難完全理解。「為什麼他們要這樣做？為什麼要破壞中心呢？」

「雨果似乎希望中心能關門大吉，這樣補助金才能挹注到他經營課程的地方，他們承諾他如果拿到補助，就會送他到倫敦的頂級戲劇機構去進修。於是他就跟社會住宅幾個混混聯合起來。」波頓警員不認同的搖了搖頭。「這幾個混混似乎說服了林佛德為了錢去打破幾扇窗。他說他那樣做是因為他繼父失業，他的小妹妹沒錢繳學校的午餐費用，或是支付買新鞋的錢。」

「雨果．法克斯，」我低聲說。「誰會想得到。」

我猜雨果不會再到我們學校的朝會上去吹牛啦。

39

「柯倫，起床囉，」我聽見爸從走廊的另一邊叫喚著。「這裡有東西是要給你的喔。」

我大約十分鐘前就醒了，卻只是躺在那裡想事情。我昨天晚上已經讀完《鷹與男孩》，它好看到讓我感覺現在有一小塊的我不見了。不過至少我還有塞格給我的那本新書可看。

我準備要問塞格，他想不想跟我一起去學校參加一堂阿梅德老師的假日圖書館時間。我猜他一定知道有關艾倫・席勒托那位作者的大小事。

但不是今天。今天我們要去阿米麗雅家喝茶……在「窈窕淑女」上。阿米麗雅的媽媽珊蒂之前準備要離開這裡，前往下一個新港口時，從甲板滑落，摔斷了腳。珊蒂得到特別許可，可以在運河上待久一點，不過他們下禮拜就要離開了。她的確講過要試著申請永久停泊許可的事──所以也許將來有一天，他們還會再回來。我真心希望他們會回來。

我和塞格嚴格遵守約定，每星期跟阿米麗雅和史派克打一次視訊電話──當然，如果她有網路連結的話。珊蒂邀請我們明年在福克湖區時，在「窈窕淑女」上待一個禮拜。我們已經等不及啦。

在我離開房間以前，還有一件我必須做的事。這件事已經被我拖延了很久，因為他說不定會叫我趕快消失，或者是什麼更糟的狀況。不過如果他真的這樣做，我覺得，至少我會知道我已經嘗試過了。

我拿起手機，滑到林佛德的號碼。我的手指在撥話鍵上方盤旋，然後，在我能改變心意前，按下通話鍵。

反正他看到他的螢幕上出現的是我的號碼時，可能連接都不會接。

電話響了兩聲後，他接了。

「喂？小柯？」

「對，是我。」

我原本已經計畫好要講什麼，可是現在不知怎麼的話語一股腦兒滾了出來，聽不出有什麼意義。

「我……我只是想說謝謝。你知道的，為了你告訴警方的……」

「那是不對的，他們做的事，」林佛德很快的說。「雨果和他的朋友們。我應該要更早就揭發他們。我到你的公寓去，你出院那天，想告訴你和你爸我知道是誰幹的，可是我……我臨陣退縮了。」

我想起在我第一次在街道上跟新輪椅奮戰時，他走過的事。

「雖然如此，」我說：「你也可以什麼都不說。你那樣很勇敢。」

有那麼幾秒尷尬的沉默，接著林佛德又開口了，聲音非常沉靜。

「你說得對，你知道的。我是說，你那天講的話。」

「啥？」我不曉得他在講些什麼。

「你說我其實很怕。在我在學校偽裝的強勢背後。」

「我很抱歉……」我吞了一下口水，感覺很糟。「我不該在所有人面前那樣講。」

「可是你說得對。」我聽見他深吸了一口氣。「我去見她了，小柯，那個諮商師。」

「你去見芙萊雅？」我驚呼。

他笑了。「對，我知道，而且我真的很怕她——怕她會逼我談那些我不想去思考的事。可是她幫助我發現為什麼我永遠如此憤怒。她甚至也設法幫了爸。」他猶豫著。「我們還不是什麼快樂家庭——他真的固執得可以，堅持他不需要任何幫助。可是芙萊雅不會放棄任何人，對吧？」

「對，她不會，」我說，可是我不確定他有聽見我的聲音。

「但他不再酗酒了，而且下禮拜起，就要開始一份附近建築工地的新工作了。」

「兄弟，我希望你的一切都很順利，」我說。「我誠心希望。」

而且我很驚訝的發現我是真的那樣希望。我的話是真心的。

「對。謝謝你。」

我聽見爸又在叫我了。

「聽著，我得掛電話了，不過也許我們可以找時間出去，好嗎？」

「也許吧。我和爸得去參加一個和法克斯先生還有政府官員的會議。芙萊雅要陪我們去。我不認為他們會讓我回學校，因為所有警察方面的麻煩什麼的……」林佛德的聲音聽起來有點空洞、有點迷失。「不管怎樣，照顧自己，兄弟。」

接著他就結束了通話。

我坐在床上，又瞪著牆壁看了一會兒。

在我不再和林佛德混的這段短短時間以來，我的好多事都改變了。如果你開始傾聽自己的思考，而不是別人叫你該怎麼想，不必多久，你就會用不同的眼光來看待事物。

我不覺得我和林佛德還會再變得親近，不過那也沒關係。我們不必是最好的朋友，還是能相處。

我把腿盪到床的另一側，伸手去拿我的拐杖。自從意外發生，已經過了一個月。我還離正常狀態很遠，可是我會恢復的。慢慢的。

我沿著走廊移動，停在客廳門邊。

爸舉著一個白色信封，信封上是非常工整的印刷手寫字體。

「是給你的，」他說。「打開吧。」

我從沒接過任何信。

我看著這封信。

安琪和塞格並肩坐著，對著我笑。我給了塞格一個眼神，問他「那是什麼」，可是他只是聳聳肩。

我坐了下來，爸把信交給我。

我打開裡頭摺得整整齊齊的A４紙，無聲的念出信的頭幾行。

「好了，」爸掛著笑容說。「別讓我們七上八下。」

「贏了。」我大聲驚呼。「我的劇本，它在表演藝術中心的競賽中贏了。」

接著是一陣興奮和擁抱，爸用很宏亮的、戲劇化的聲音，把信的內容大聲念出來。

「這齣戲將會演出。」他宣布。「會有正式的製作和演員。」

「我辦到了，」我小聲的說。「我真的辦到了。」

塞格笑了，他跟我擊掌。

「記得嗎，柯倫？像我們這樣的人也能做到像那樣的事，只要相信自己辦得到。」

★

#「一個我想去的地方」

作者：柯倫．布魯克斯

1. 外景，聖安社區住宅—白天

男孩沿著他住了一輩子的社區住宅街道往下走。他每天都見到同樣的人。沒有任何改變。

他坐在人行道旁，看著人們進行日常活動。他把手伸進夾克口袋裡，抽出筆記簿和筆。

人們開始從屋裡出來，走向他。其他學校裡的小孩、布魯斯特太太、街尾的嬉皮。一個時髦的傢伙和他那群朋友。他們全部聚在他身邊，一起開口說話。

住宅人群

你生在這裡，住在這裡。你只不過是一個有著傻夢想的小孩，哪裡也到不了。

男孩站起來打開筆記簿。他開始念出筆記簿上的文字，用最大的音量大喊著。

男孩

「我就是我，不是其他人；不管人們認為我是誰，或者說我是誰，我都不是，因為他們對我根本一無所知。」那是引自艾倫．席勒托的話。他是一位諾丁漢作家。他到了其他地方。

場景切換到：

2. 外景．倫敦──白天

碎片大廈。三月，微弱的陽光。

從底下的城市傳來的噪音。上方是白色的蓬蓬雲朵和清朗的藍色天空。

男孩和他最好的朋友站在七十一樓的室外天空甲板上。男孩抬頭驚異的看著碎片大廈頂端尖銳的鏡面切片，接著往下望著藍灰色的泰晤士河，河流蜿蜒流過各色建築、穿越倫敦。

男孩

感覺就像我們能夠往上摸到雲朵。

最好的朋友
真的。我們來試試看。

兩個男孩盡可能把手往上伸。他們扭動手指，把手指伸向天際。

男孩
真不敢相信我在這裡。我從未想過自己真能站得這麼高。感覺就像離家百萬哩。感覺像置身在世界的頂端。

最好的朋友
現在你在這裡了。你可以看見這是真的。

男孩
我覺得所有的一切都從一個想法開始。

他舉起他的筆記簿和筆。

男孩
有了這些，我可以抵達任何地方。
我可以講人們的故事，寫真實地方的真實人生。
最好的朋友
而家是每個人的起點。
幕落。

故事館
小麥田 我的家，在這裡

作　　者　金姆・史萊特（Kim Slater）
譯　　者　黃筱茵
封面設計　鄭婷之
校　　對　呂佳真
責任編輯　巫維珍

國際版權　吳玲緯
行　　銷　闕志勳　吳宇軒　陳欣岑
業　　務　李再星　陳紫晴　陳美燕　葉晉源
編輯總監　劉麗真
總 經 理　陳逸瑛
發 行 人　凃玉雲
出　　版　小麥田出版
地址：10483台北市中山區民生東路二段141號5樓
電話：(02)2500-7696　傳真：(02)2500-1967
發　　行　英屬蓋曼群島商家庭傳媒股份有限公司城邦分公司
地址：10483台北市中山區民生東路二段141號11樓
網址：http://www.cite.com.tw
客服專線：(02)2500-7718｜2500-7719
24小時傳真專線：(02)2500-1990｜2500-1991
服務時間：週一至週五09:30-12:00｜13:30-17:00
劃撥帳號：19863813　　戶名：書虫股份有限公司
讀者服務信箱：service@readingclub.com.tw
香港發行所　城邦（香港）出版集團有限公司
地址：香港灣仔駱克道193號東超商業中心1樓
電話：+852-2508-6231　傳真：+852-2578-9337
馬新發行所　城邦（馬新）出版集團【Cite(M) Sdn. Bhd】
地址：41, Jalan Radin Anum, Bandar Baru Sri Petaling,
57000 Kuala Lumpur, Malaysia.
電話：+6(03) 9056 3833　傳真：+6(03) 9057 6622
讀者服務信箱：services@cite.my
麥田部落格　http://ryefield.pixnet.net
印　　刷　漾格科技股份有限公司
初　　版　2022年11月
售　　價　399元

ISBN 978-626-7000-70-0
EISBN 9786267000755 (epub)
Printed in Taiwan.
本書若有缺頁、破損、裝訂錯誤，請寄回更換。

國家圖書館出版品預行編目資料

我的家，在這裡／金姆・史萊特（Kim Slater）作；黃筱茵譯. -- 初版. -- 臺北市：小麥田出版：英屬蓋曼群島商家庭傳媒股份有限公司城邦分公司發行，2022.11
面；　公分. --（故事館）
譯自：928 miles from home
ISBN 978-626-7000-70-0（平裝）

873.59　　111011855

城邦讀書花園
www.cite.com.tw
書店網址：www.cite.com.tw